내게는 수많은 실패작들이 있다

Nora Ephron

I Remember Nothing
And Other Reflections

내게는 수많은 실패작들이 있다

우아하고

유쾌하게

나이 든다는 것

노라 에프런

김용언 옮김

반비

리처드와 모나에게

차례

아무것도 기억나지 않아

나는 수년 동안 많은 것들을 잊어왔다. 30대 때부터 그랬던 것 같다. 이것을 기억하는 것은 당시 이 점에 대해 글을 쓴 적이 있기 때문이다. 증거가 있다. 물론 정확히 어디에, 언제 썼는지는 기억할 수 없다. 하지만 필요하다면 뒤져서 찾아낼 수는 있다.

내가 뭔가를 잊기 시작하던 초기에는 단어들이, 특히 고유명사들이 슬쩍 빠져나가는 느낌이었다. 나는 이런 일이 일어날 때 보통 사람들이 하는 것과 똑같이 행동했다. 머릿속 사전을 쭉 스크롤하면서 그 단어가 어떤 글자로 시작하는지, 몇 음절인지 기억하려고 했다. 잃어버렸던 말들은 결국 머릿속으로 다시 되돌아왔다. 나는 이런 현상을 어떤 운명의 예감, 노화의 징후로 생각하지 않았다. 내가 잊은 어떤 것이 조만간 다시 되돌아오리라는 사실을 알고 있었다. 어느 날 나는 알츠하이머에 관한 책을 사려고 서점에 들렀다가, 제목을 잊어서 못 사고 말았다. 그땐 그게 재미난 일이라고 생각했다. 실제로 그 당시에 그건 재미난 일이었다.

여기 내가 절대로 기억할 수 없는 고유명사가 있다. 제러미 아이언스가 나오는 영화의 제목이다. 클라우스 폰 뷜로가 주인공이다. 무슨 영화인지 당신은 알겠지. 기껏 애써봐야 내가 기억할 수 있는 최대치는 이것이 세 단어로 이루어져 있고 가운데 단어가 of라는 것이다.

여러 해 동안 이런 사실 때문에 괴로워하지 않고 지냈다. 주변의 지인들 모두 그 제목을 기억하지 못했으니까. 친구들 여덟 명을 극장에서 만난 적이 있는데 우리 중 누구도 그 제목을 기억할 수가 없었다. 마침내 인터미션에 누군가 뛰어나가서 구글 검색을 해 왔다. 우리는 모두 그 제목을 듣고 아하, 했고 다시는 그것을 잊지 않으리라 맹세했다. 내가 알기로 나머지 일곱 명은 맹세를 지켰다. 하지만 나는 지금도 여전히 그것이 세 단어이고, 가운데 단어가 of라는 것밖에 모르겠다.

그나저나 그날 밤 우리가 마침내 그 제목을 알아냈을 때, 우리는 모두 나쁜 제목이라며 입을 모았다. 우리가 기억 못 하는 게 당연했다.

지금 잠깐 구글로 그 제목을 검색해보고 오려고 한다. 금방 돌아오겠다.

제목은 「행운의 반전(Reversal of Fortune)」이다.

도대체 누가 이 제목을 기억할 수 있단 말인가? 아무 의미가 없는데.

하지만 중요한 것은 그게 아니다. 나는 수년 동안 뭔가를 잊어왔지만, 요즘에는 뭔가 새로운 방식으로 잊어버리고 있다. 이전에는 잊은 것이 무엇이건 그것을 곧 기억에서 끄집어내서 머릿속으로 가져올 수 있으리라고 믿었다. 이제 나는 그럴 수 없으리라는 것을 잘 안다. 잊어버린 것은 영원히 사라진 것이다. 그렇다고 새로운 말들을 기억할 수 있는 것도 아니다.

얼마 전에 만난 어떤 남자가 나에게 자신이 어떤 신경 장애를 앓고 있어서 사람들의 얼굴을 기억하지 못한다고 토로한 적이 있다. 그는 때때로 거울에 비친 자신을 보고 그게 누구인지 기억을 못 할 때가 있다고 했다. 나는 그의 고통을 희화화하려는 의도는 전혀 없으며 그 신경 장애가 뭔가 대문자로 된 아주 긴 이름을 가져 마땅한 증상이라고 기꺼이 인정한다. 하지만 동시에 머릿속으로는 '이쪽 세상에 온 걸 환영해요.'라는 생각이 들 수밖에 없다. 몇 년 전에 배우 라이언 오닐은 자신의 딸인 배우 테이텀 오닐을 못 알아본 일이 있었다고 고백했다. 장례식장에서 딸을 못 알아보고 그냥 쓱 지나쳤다는 것이다. 모두가 어떻게 그럴 수 있느냐고 그를 꾸짖는 분위기였지만, 나는 가만히 있었다. 그보다 한 달 전 라스베이거스의 어느 백화점에서 나는 무척 호감 가게 생긴 여자가 웃으며 나에게 다가와 두 팔을 뻗는 것을 보고 깜짝 놀란 적이 있다. 이 여자 도대체 누구지? 어디서 봤더라? 그녀가 뭐라 말을 했고, 그제야 나는 그녀가 내 동생 에이미라는 것을 깨달았다.

당신은 이렇게 생각할 수도 있다. 에이, 동생이 라스베이거스에 있을지 어떻게 알았겠어. 미안하다. 사실 그날 내가 그 백화점에서 만나기로 한 사람이 바로 내 동생이었다.

이런 모든 일들은 나를 슬프게 하고, 애석하게 한다. 무엇보다 이런 일을 겪으면 내가 정말 늙었다는 기

내게는 수많은 실패작들이 있다

분이 든다. 노화의 징후는 육체적인 것을 제외하더라도 얼마든지 있다. 요즘 나는 같은 이야기를 반복해서 말하는 버릇이 생겼다. 또 "내가 젊었을 때는"이라는 표현을 자주 사용한다. 종종 농담을 바로 이해하지 못한다. (물론 그 자리에서는 바로 알아들은 척한다.) 영화나 연극을 두 번째로 보러 갔는데, 생전 처음 보는 듯한 기분이 든다. 바로 얼마 전에 봤던 것인데도 말이다. 《피플》 잡지에 나오는 사람들이 누군지 전혀 모르겠다.

처음에는 내 두뇌 용량이 다 찬 게 문제일 뿐이라고 생각했다. 하지만 이제 그 반대가 사실임을 인정할 때가 된 것 같다. 내 머리는 텅텅 비어가는 중이다.

내가 노화의 최악의 지점에 도달한 것은 아니다. 옛 일화들로 가득 찬, 그 끔찍한 세상 말이다. 하지만 서서히 그곳에 다가서고 있음을 느낄 수 있다.

꾸준히 일기를 써왔어야 했다는 걸 정말 잘 알고 있다. 연애편지들을 모두 보관했어야 했다. 롱아일랜드시티 어딘가에 창고를 하나 마련해서, 다시는 뒤적일 일 없으리라 생각했던 모든 글들을 다 보관했어야 했다.

하지만 나는 그러지 않았다.

그리고 이제 아무것도 기억하지 못한다는 결론을

때때로 인정할 수밖에 없다.

가령 이런 것이다. 나는 엘리너 루스벨트를 만난 적이 있다. 1961년 6월의 일이었다. 케네디 시절 백악관에서 인턴십을 할 때였다. 웰즐리 대학 출신 인턴들은 모두 이 전직 영부인을 만나기 위해 하이드파크로 갔다. 나는 정말로 그녀가 보고 싶었다. 우리 부모님은 당신들이 쓴 희곡이 공연되었을 때 그 무대 뒤에서 그녀와 함께 찍은 사진을 가족실에 간직했다. 나는 그런 집에서 자랐다. 어머니는 코르사주를 달고 있었고, 엘리너는 진주 장식을 하고 있었다. 내게 그 사진은 언제나 상징적인 것이었다. 내가 지금 상징적이란 단어를 제대로 사용하는 게 맞는다면, 나는 이 단어를 처음으로 적절한 곳에 쓰는 셈이다. 우리는 가족실에 엘리너 루스벨트의 사진을 걸어놓은 수천 명의 미국인들(대부분 유대인 출신)에 속했던 것이다. 나에게 이 여성은 영웅이었다. 내가 그녀와 같은 공간에 있게 되리라는 사실이 믿기지 않았다. 그래서 그녀가 결국 어떤 모습으로 하이드파크에 등장했는지, 당신은 궁금할 것이다. **나는 전혀 모르겠다.** 그녀가 무슨 말을 했는지, 어떤 옷을 입었는지 기억이 안 난다. 그녀를 만난 공간의 어렴풋한 이미지만이 겨우 떠오를 뿐이다. 물론 그 이미지라는

내게는 수많은 실패작들이 있다

것도 뭔가 주름 잡힌 커튼의 희미한 이미지일 뿐이다. 기억이 나는 부분도 있다. 돌아오는 길에 내가 길을 잃었다는 사실이다. 그 뒤로 나는 타코닉 주립공원도로에 갈 때마다 엘리너 루스벨트를 만나러 갔다가 돌아오는 길에 여기서 길을 잃었던 기억이 떠오른다. 하지만 엘리너 루스벨트에 대해서는 아무 기억도 없다.

1964년에 비틀스가 처음으로 뉴욕을 방문했다. 나는 그 현장에 있었다. 나는 당시 기자였고, 그들의 도착을 취재하기 위해 공항으로 갔다. 금요일이었다. 그 주 주말 내내 그들을 따라다니며 보냈다. 일요일 밤에 그들은 「에드 설리번 쇼」에 출연했다. 누군가는 60년대라는 문화적 현상이 바로 그날 밤, 「에드 설리번 쇼」에서 탄생한 거라고 주장할 수도 있을 것이다. 그날은 그토록 역사적인 순간이었다. 나는 그 자리에 있었다. 나는 「에드 설리번 쇼」 무대의 뒤쪽에 서서 그 장면을 바라보았다. 팬들이 얼마나 난리였는지 기억난다. 비명과 고함을 질러대며 정신 나간 것처럼 굴던 10대 소녀들을 기억한다. 그래서 비틀스는 어떤 모습이었는지, 당신은 묻고 싶을 것이다. 사람 잘못 골랐다. 비틀스는 전혀 기억이 안 난다.

나는 베트남전에 반대해 워싱턴으로 향하는 반전

행진 시위대에 속해 있었다. 1967년의 일이다. 반전 운동에서 가장 의미심장한 순간이었다. 수천수만 명의 사람들이 참여했다. 나는 당시 데이트하던 변호사와 같이 있었다. 그날 온종일 호텔에서 같이 뒹굴다 나온 참이었다. 그렇게 자랑스러운 경험은 아니지만, 내가 그날 시위에 대해서 아무것도 기억을 못 하는 이유를 조금이라도 설명해줄까 싶어서 말해봤다. 그날 내가 결국 펜타곤까지 갔었나? 그런 것 같지는 않다. 펜타곤에는 한 번도 가본 적이 없는 것 같다. 하지만 장담할 수는 없다.

노먼 메일러는 이 행진에 대해 책 한 권을 썼다. 447쪽짜리 책『밤의 군대들』이다. 퓰리처상도 받았다. 그런데 나는 이 시위에 대해 두 문단도 못 쓰겠다. 당신이 만일 노먼 메일러와 나 둘 다를 아는 사람이라면, 그래서 누군가 당신에게 그 둘 중 누가 더 섹스에 환장한 것 같으냐고 묻는다면 당신은 당연히 노먼 메일러라고 답할 것이다. 하지만 아닐지도 모르겠다.

여기 내가 만났지만 아무것도 기억나지 않는 사람들의 명단이 있다.

휴고 블랙(법학자이자 정치가)

내게는 수많은 실패작들이 있다

에설 머먼(가수이자 배우)

지미 스튜어트(배우)

앨저 히스(작가이자 변호사)

허버트 험프리(상원의원)

캐리 그랜트(배우)

베니 굿맨(가수)

피터 유스티노프(배우)

해리 커니츠(작가)

조지 애벗(연극 연출가이자 영화감독, 작가)

도러시 파커(작가)

나는 릭스와 킹의 테니스 경기(1973년에 열린 세기의 성대결─옮긴이)를 보러 갔지만 내가 앉은 자리에서는 아무것도 보이지 않았다.

나는 닉슨이 사임한 날 밤에 백악관 앞에 서 있었지만, 그때에 대해 기억나는 거라곤 내 지갑을 도둑맞았다는 것뿐이다.

나는 전설적인 록 공연에 수도 없이 갔지만 공연이 언제 끝날까, 공연 후에 어디서 밥을 먹을까, 식당이 그때까지 문을 열까, 그럼 무슨 음식을 주문하는 게 좋을까 따위를 고민하느라 그 순간들을 날려버렸다.

나는 뉴욕 닉스의 게임을 최소한 100번은 보러 갔지만, 기억나는 것은 리기 밀러가 17초 동안 8점을 냈던 순간뿐이다.

　　나는 1973년에 전쟁 취재를 위해서 이스라엘에 갔지만, 의사의 완강한 반대로 전선에는 얼씬거리지 않았다.

　　우드스탁 페스티벌 때에는 현장에 없었다. 하지만 무슨 상관일까 싶다. 어쨌거나 아무것도 기억 안 나니 말이다.

　　어떤 점에서는 내 삶이 나 때문에 낭비되고 있다는 생각도 든다. 내가 기억을 못 한다면 누가 기억을 해줄 것인가?

　　과거는 신기루처럼 손아귀를 빠져나가고, 현재는 감당하기 어렵게 늘 내 앞에 서 있다. 그것을 따라잡기가 버겁다. 더 젊었을 때에는 이런 새로운 현실에 대한 저항감을 결국은 극복하곤 했다. 처음엔 정말 싫었지만 얼마 안 가 퀴진아트 푸드프로세서(식재료를 썰거나 갈아주는 기기—옮긴이) 앞에 서 있는 나를 발견했다. 나는 기술에 대한 의심이 많다. 하지만 나는 이메일과 블로그를 가장 잘 활용하는 사람 중 하나가 되었다. 곧 그것들이 낭만적이라고 생각하기에 이르렀고, 심지어 이

　　　　　　　　　내게는 수많은 실패작들이 있다

메일이 주요 사건으로 등장하는 영화 「유브 갓 메일」도 만들었다. 하지만 이제는 쇠락해가는 기억력 때문에 거의 모든 새로운 사물의 존재 이유가 내 마음이 상하도록 하는 데에 있지 않나 하고 생각하게 되었다. 그리고 이제 대부분의 것들에 대해 철저한 방어막을 세우고 있다.

방어막 저편에는 많은 것들이 있다. 그 대부분에 나는 신경도 쓰지 않는다. 오랫동안 나는 수니파와 시아파의 차이가 무엇인지 몰랐다. 하지만 이렇게 어쩔 수 없이 새로 배우게 되는 것들도 있기는 하다. 그럼에도 불구하고, 그걸 아는 게 도대체 무슨 소용이 있는지 의심한다. 그들이 사이가 좋지 않다는 것만 알면 되는 것 아닌가? 그리고 심지어 지금은 다시 잊어버렸다.

지금 이 순간 내가 아무것도 알고 싶지 않은, 새로운 것들의 목록은 아래와 같다.

소비에트 연방에서 독립한 국가들의 이름
셀러브리티 카다시안 집안 사람들
트위터
드라마 「위기의 주부들」과 「서바이버」, 오디션
프로그램 「아메리칸 아이돌」, 리얼리티 프로그램

「배철러」 등

　아프가니스탄 지도자 카르자이의 형제

　축구

　가수 제이 지

　코즈모폴리턴 칵테일 이후에 발명된 모든 음료들, 특히 그 민트 잎을 넣어서 만든 그것. 당신은 뭔지 알겠지.

　잠시 구글 검색을 해보고 오려고 한다. 금방 돌아오겠다.

　모히토 말이다.

　나는 구글이 지배하는 세상에 살고 있다. 이 사실에는 의심의 여지가 없다. 그리고 여기에는 장점도 있다. 뭔가를 잊어버리면 아이폰을 채찍질해서 구글로 검색해보면 된다. 시니어 모먼트(나이 많은 사람에게서 나타나는, 깜빡깜빡하는 건망증 증세—옮긴이)는 구글 모먼트가 되어가고 있다. 이 말이 더 행복하고 그럴싸하고 젊고 현대적으로 들린다. 안 그런가? 검색을 자유자재로 함으로써 당신이 시대에 발맞출 수 있는 사람이라는 사실을 입증할 수 있다. 같은 테이블에 앉은 사람들이 내가 이상한 늙은이라는 사실을 눈치채지 못했으리라고 스스로를 속일 수도 있다. 잃어버린 고리를 찾는 일은 너무도 간단해졌다. 시니어 모먼트라는 끔찍한 순간은 사라진 것이다. 놓쳐버린 말을 찾기 위한 길고 긴 탐색의 순간, 수수께끼 풀이의 순간, 머리를 툭툭 치면 생각날 듯한 그 순간, 손가락만 튕기는 짜증스런 그 순간 말이다. 그냥 구글로 가서 찾아오면 끝이다.

하지만 자기 자신의 삶을 찾아올 수는 없다. (위키피디아에 나올 만한 사람이 아니라면 말이다. 당신이 만약 그런 사람이라면 이야기가 다르다. 당신은 삶의 뭔가 왜곡된 버전을 찾아오게 될 것이다.)

하지만 그 영화에 나온 배우의 이름이 무엇인지, 그 2차 대전에 관한 영화에 나온 배우가 누구인지 찾아볼 수는 있을 것이다. 그리고 그 책을 쓴 작가의 이름이 무엇인지 찾아볼 수는 있을 것이다. 그 화가와 사랑에 빠진 여자의 이야기가 담긴 책을 쓴 작가 말이다. 아니면 그 가수가 부른 노래 제목이 뭔지 찾아볼 수는 있을 것이다. 그 사랑 노래 말이다.

당신은 뭔지 알겠지.

누구세요?

–

나는 당신을 안다

나는 당신을 안다. 그것도 매우 잘 안다. 당신 이름을 떠올리려고 할 때마다 약간 곤란했던 것은 사실이다. 하지만 나는 당신 이름을 분명히 알고 있다. 다만 지금 이 순간에 생각이 안 날 뿐이다. 우리는 규모가 꽤 큰 파티에 함께 있다. 우리는 볼을 살짝 맞대고 인사를 나눴다. 우리가 지구에서 인사로 양쪽 볼에 키스를 하지 않을 최후의 두 명이라며 유쾌하게 이야기도 나눴다. 양쪽 볼에 키스를 하며 인사하는 사람들이 얼마나 엉터리 같은지에 대해서도 이야기를 나눴다.

하 하 하 하 하. 당신은 무척 호감 가는 사람이다. 내가 당신 이름만 기억할 수 있다면. 기억해내지 못한다면 변명의 여지가 없다. 당신은 우리 집에서 저녁 식사를 함께 한 적이 있다. 나는 당신이 가장 최근에 쓴 책을 읽으려고 노력했다. 당신 여자 친구 이름을 안다. 적어도 대충은 안다. 샤넬 비슷한 이름이었다. 샤넬이 아니라는 건 확실하다. 샨텔이던가? 그것도 아닌 것 같다. 그녀가 여기 없어서 다행스럽다. 안 그랬으면 당신들 두 사람의 이름을 모두 기억해내지 못했을 테니까. 나는 점점 필사적인 상태가 된다. 래리였던 것 같은데. 래리던가? 아니, 래리가 아니다. 제리? 아냐, 그것도 아니다. 하지만 Y로 끝나는 이름이었다. 당신의 성은 세 음절이다. C로 시작하고. G로 시작하던가? 미쳐버릴 것 같다. 그런데 기적이 일어났다. 집주인이 주빈들에게 건배를 제안하려는 참이다. 하느님, 감사합니다. 나는 바에서 도망칠 수 있게 됐다.

—

우리가 만난 적이 있던가?

우리가 만난 적이 있던가? 있는 것 같다. 하지만 확

내게는 수많은 실패작들이 있다

신할 순 없다. 서로 소개받긴 했지만 파티장이 너무 시끄러워서 당신의 이름을 제대로 듣지 못했다. 나는 우리가 서로를 아는 사이라고 가정할 것이다. 그러므로 "만나서 반가워요." 같은 말은 하지 않을 것이다. "만나서 반가워요."라고 하는 순간, 무슨 일이 벌어질지 뻔하다. 당신은 "우리 아는 사이잖아요."라고 대꾸하겠지. "우리 아는 사이잖아요."라는 문장에는 어느 정도 공격적이고 언짢은 기분이 묻어날 것이다. 당신은 내가 어떻게든 이 상황을 모면할 수 있도록 당신 이름을 알려주는 일을 하지 않을 것이다. 그러므로 나는 "만나서 반가워요." 대신 "당신을 봐서 참 좋군요."라고 인사할 것이다. 얼굴 가득히 미소도 띨 것이다. 필사적인 마음을 드러내지 않을 것이다. 그러나 내 머릿속을 가득 채우는 건 단 하나뿐. 제발 당신 이름을 나한테 던져줘. 제발, 제발, 제발. 힌트라도 줘. 남편이 이쪽으로 성큼성큼 다가올 참이다. 그럼 나는 남편한테 당신을 소개해야 하는데, 그럴 수가 없다. 설령 우리가 1984년 어느 주말을 통째로 보트 안에서 함께 보냈을지라도 당신이 누군지 내가 전혀 기억 못 한다는 걸, 당신이 알게 될 것이다. 나는 남편 팔 위쪽을 아주 세게 꼬집으며 모종의 비밀 신호를 보낸다. "이 사람한테 당신 이름을 직접 말해. 나랑 대화하는 이 사람이 누군지 나는 정말 기억이 안 나니까." 그러나 남편은 나의 꼬집기 신호에 응답하리라 기대할 수 없는 존재다. 이 비밀 신호의 의미를 항상 잊어버리기 때문이다. 하도 세게 꼬집어 멍이 드는데도 그렇다. 그 순간 남편의 건망증에 대해 호통치고 싶은 마음이 굴뚝같다. 하지만 일단 나부터 상대의 이름을 (만약 알고 있었다면) 잊어버렸기 때문에 그럴 수도 없는 입장이다.

–

옛 친구

옛 친구? 분명 그럴 것이다. 당신은 나를 보고 기뻐한다. 나도 당신을 보면서 기뻐한다. 그런데 당신은 누구지? 아, 세상에나, 엘런이구나. 믿을 수가 없다. 엘런. "엘런! 어떻게 지냈어? 이게 얼마 만이지?" 헤어스타일이 달라져서 당신을 즉각 알아보지 못했다고 설명하고 싶은데, 당신은 머리에 손대지 않았다. 당신을 기억해내지 못한 걸 변명할 만한 변화 따위 없다. 당신에게 실제로 일어난 변화라면 나이를 먹었다는 것뿐이다. 믿을 수가 없다. 분명 내 또래일 텐데, 지금 당신은

내게는 수많은 실패작들이 있다

나보다 훨씬, 아주 많이 늙어 보인다. 우리 엄마라고
해도 믿을 지경이다. 내가 당신만큼 늙어 보이지 않는
다면, 그리고 내가 그 사실을 모르지 않는다면 말이다.
그건 불가능한 일이다. 아니, 가능한가? 나는 방을 죽
둘러보고는 이 방 안의 사람들 전부가 누군가와 닮았
다고 생각한다. 닮은 사람이 정확히 누구인지 파악하
기 위해 애쓸 때마다, 그것이 그들의 예전 버전이었다
는 걸 깨닫는다. 그들이 더 날씬했거나 더 건강했거나
혹은 성형수술 하기 전의 모습 말이다. 모두에게 해당
되는 현실이라면, 나한테도 적용되어야 마땅하다. 그
렇지 않은가? 하지만 신경 쓸 필요가 없어졌다. 당신이
입을 연다. "매기, 정말 오랜만이다." 내가 답한다. "난
매기가 아닌데." 당신이 말한다. "어머, 세상에, 너구나.
못 알아봤다. 헤어스타일이 바뀌었네."

저널리즘에 대한 러브 스토리

기억나는 것은, 고등학교 I학년 때 직업의 날이라는 게 있었다는 사실이다. 우리는 각자 더 자세히 알아보고 싶은 직업을 골라야 했다. 나는 기자라는 직업을 골랐다. 왜 그랬는지는 모르겠다. 아마 부분적으로는 로이스 레인(슈퍼맨의 연인이자 기자인 영화 속 인물―옮긴이)과 관련 있었을 것이다. 『걸작 보도 기사 선집(*A Treasury of Great Reporting*)』이라는, 크리스마스 선물로 받은 재미난 책과도 관련 있었을 것이다. 직업의 날 행사 때 강연을 한 기자는 《LA 타임스》의 스포츠면 담당자였다. 무척 매력적인 여성이었는데 강연 도중에 언론계에 여성 인력이 매우 적다는 말을 했다. 그 말을 듣다가 갑자기 기자가 되고 싶어 죽을 것 같은 기분이 되었다. 게다가 기자가 되는 것은 남자들을 만나는 아주 좋은 방법인 것 같기도 했다.

그래서 뭐가 먼저였는지는 기억나지 않는다. 기자가 되고 싶은 거였을까, 남자 기자와 연애를 하고 싶은 거였을까. 이 두 가지 생각이 너무나 완벽하게 하나가 되어 구분할 수 없는 지경이 되었다.

고등학교와 대학교에서 나는 교내 신문기자로 일했다. 그리고 1962년 웰즐리를 졸업하기 한 달 전에 뉴욕에서 직장을 구했다. 나는 웨스트 42번 스트리트에 있는 구직 에이전시에 들러서 거기 있던 여자에게 기자가 되고 싶다고 말했다. 그 여자는 나에게 "《뉴스위크》에서 일해보는 건 어때요?"라고 물었고, 나는 좋겠다고 대답했다. 그녀는 수화기를 들더니 면접 시간을 잡고 나를 곧장 매디슨 스트리트 444번지에 있는 《뉴스위크》 빌딩으로 보냈다.

남자 면접관이 나에게 왜 《뉴스위크》에서 일하고 싶은지 물었다. 뭔가 "아주 중요한 잡지니까요." 따위의 이야기를 했어야 하는데, 사실 나는 그 잡지에 대해서 좋은 쪽으로건 나쁜 쪽으로건 아무 생각이 없었다. 《뉴스위크》를 읽은 적이 거의 없었기 때문이다. 미안한 말이지만, 당시 《뉴스위크》는 《타임》보다 한 단계 아래였다. 그래서 나는 필자(writer, 당시에는 리포터가 기삿거리를 취재하여 보내면, 필자는 사무실에서 리포터가 보내오는 자료를 취사선택하여 기사를 썼다.―옮긴이)가 되고 싶어서라고 대답했다. 그러자 《뉴스위크》에서는 여자들이 필자가 되는 경우는 없다고 곧바로 반박당했다. 당시에 나는 "제가 그 선례를 깨뜨려드리지요."라든가 그 밖의 다른 의견을 제시할 생각은 꿈에도 하지 않았다. 당신이 여성이고 뭔가를 하고 싶어 한다면, 규칙을 어기고 예외가 될 수밖에 없는 그런 시절이었다. 나는 결국 우편 담당 아가씨로 고용되었다. 주당 55달러였다.

설리번 스트리트 110번지에 대학 친구와 함께 아파트를 구했다. 스프링 스트리트와 프린스 스트리트 사이의 황량한 하얀색 벽돌 건물이었다. 월세는 160달러였는데, 처음 두 달은 공짜로 살 수 있었다. 부동산 중개업자가 사우스빌리지는 지금 뜨고 있는 동네라고, 투기 과열 조짐까지 보이고 있다고 우리를 안심시켰다. 이 말은 최소 20년 동안은 실현되지 않았다. 그동안에 이 지역은 그냥 소호라고 불렸을 뿐이고, 나는 그곳을 떠난 지 오래다. 어쨌거나 나는 졸업식 날 렌터카에 짐을 가득 실은 후 뉴욕으로 왔다. 오는 도중에 딱

한 번 길을 잃었다. 맨해튼으로 가려면 절대 조지 워싱턴 다리를 타서는 안 된다는 사실을 내가 알 턱이 없었다. 잘못해서 뉴저지로 가는 길을 타버렸다는 사실을 깨달았을 때 얼마나 두려웠는지 아직도 기억이 난다. 유턴 할 곳을 영원히 찾을 수 없을지도 모른다는 생각에 겁에 질렸다. 이렇게 남쪽으로, 남쪽으로 계속 가다가, 무심한 부모님에 의해 캘리포니아로 강제 이주 당한 다섯 살 이후로 늘 열망해온 그 도시에 영원히 닿지 못할지도 모른다는 생각이 들었다.

마침내 설리번 스트리트에 도착했을 때 성안토니 축제가 열리고 있었다. 골목 안의 모든 주차 공간이 폐쇄되어 있었고, 사람들이 우리 아파트 앞에서 제폴레(도넛의 일종―옮긴이)를 튀기고 있었다. 제폴레라는 과자를 그날 처음 봤다. 온몸에 전율이 흘렀다. 이 거리 축제가 몇 달 동안이나 계속되는 것인 줄 알았다. 언제 먹어도 질리지 않는 솜사탕을 계속해서 먹을 수 있는 것인 줄 알았다. 물론 축제는 그다음 주에 끝났다.

《뉴스위크》에 우편 담당 총각은 없었다. 오직 우편 담당 아가씨들만 있을 뿐이었다. 당시에는 (나처럼) 대학 졸업생이고 (나처럼) 대학 신문사에서 일한 경험이 있고 (나처럼) 여자일 경우, 회사는 그 사람을 우편 담당 아가씨로 고용했다. 만일 (나와 달리) 남자이고, 그 밖의 모든 조건은 나와 같은 경우, 회사는 그를 리포터로 고용해서 미국 곳곳의 사무실로 파견했다. 물론 불공평한 이야기지만 당시는 1962년이었다. 회사는 그렇게 돌아갔다.

내 일은 더없이 단조로웠다. 우편 담당 아가씨들은 우편물만 제대로 배송하면 되었다. 정말 먼 옛날의 일이다. 우편물이 산같이 쌓이던 시절 말이다. 하루 종일 커다란 보따리들이 계속해서 들어왔다. 나는 곧 우편 담당 아가씨가 아니라 엘리엇 아가씨가 되었다. 금요일에 아주 늦게까지 야근을 하면서 원고들을 필자에게서 에디터에게로, 이리저리 배달하는 역할을 맡게 되었다는 뜻이다. 그 에디터 중 한 사람의 이름이 오즈번 엘리엇이었다. 금요일에는 종종 새벽 3시 정도까지 일했고, 그러고 나서 토요일에도 일찍 사무실에 나와야 했다. 국내 사업부도, 해외 사업부도 쉬는 날인데 말이다. 일은 정말 자아도취적인 방식으로 흥미진진했다. 이런 방식이야말로 저널리즘의 핵심이라 할 수 있다. 이 세계에서는 어떤 출판물을 만드는 사람이건 자신이 우주의 중심에 있고, 나머지 세계가 전부 초조하게 다음 호를 기다리고 있다고 정말로 믿게 된다.

회사의 로비 근처에는 유리로 둘러싸인 공간에 텔렉스(전화의 자동 교환과 인쇄전신의 기술을 이용해 텍스트 기반의 메시지를 주고받는 기록 통신의 하나로 가입전신이라고도 한다.—옮긴이) 기계가 있었다. 이 텔렉스에서 전문을 뽑아 필자와 에디터에게 배달하는 것이 나의 일 중 하나였다. 거기에는 주로 각지의 사무실에 나가 있는 리포터들이 보내온 긴급 보고가 담겨 있었다. 어느 날《뉴스위크》의 소유주인 필립 그레이엄에 관한 텔렉스가 도착했다. 나는 그를 몇 번 본 일이 있었다. 키가 크고 잘생긴 남자였는데, 그의 신체적인 매력이나 남성성이 사진으로는 늘 잘 표현되지 않았던 것 같다. 그는 쩌렁쩌렁한 목소리로 말하고, 기가 막힌 농담들을 던지면서 사무실을 왔다 갔다 하곤 했다. 웃을 때는 이가 다 드러나도록 환한 미소를 지었다. 말하자면 조울증에서 조증 상태에 있었던 것이지만, 아무도 이 사실을 눈치채지 못했다. 실은, 아무도 조울증이라는 게 뭔지도 몰랐던 시절이다.

그레이엄은《워싱턴 포스트》소유주의 딸인 캐서린 메이어와 결혼했는데, 그로써《워싱턴 포스트》를 손에 넣고,《뉴스위크》를 포함한 훨씬 더 큰 출판 제국을 경

내게는 수많은 실패작들이 있다

영하게 되었다. 하지만 그날 온 텔렉스에는 그가 지금 파멸의 길을 걷고 있으며,《뉴스위크》에서 일하는 젊은 여자와 공공연한 불륜 관계에 있다고 보고되어 있었다. 그는 몇몇 행사에서 처신을 잘못한 적이 있었고, 그때마다 늘 "제기랄(fuck)"이라는 말을 사용했다. 당시는 이런 말을 사용하는 것이 확실히 문제가 되던 시절이었다. 바로 이것이, 내가 1950년대와 60년대 초반을 배경으로 하는 영화를 볼 때마다 참을 수 없이 짜증나는 이유 중 하나다. 영화 속 1950, 60년대 사람들은 '제기랄'이라는 말을 입에 달고 산다. 맹세컨대, 당시에는 아무도, 지금 같은 방식으로 그 말을 쓰지 않았다. 말이 나온 김에 하나만 더하자. 당시 사람들은 와인을 마시지 않았다. 와인이라는 술을 아예 몰랐다. 극소수의 사람들은 와인이라는 술이 존재한다는 것을 알았을지 모르지만, 대부분의 사람들은 저녁 식사 내내 아주 독한 술들을 마셨다는 말이다. 최근에는 심지어 1948년을 배경으로 하는 영화에서 피자를 테이크아웃해서 먹는 장면을 보고, 기절할 뻔한 적이 있다. 1948년에 테이크아웃 피자가 어디 있어! 아니, 피자라는 음식 자체가 거의 없었고, 테이크아웃 자체도 희귀했다. 이런 것이야말로 도무지 아무런 쓸모도 없지만 괜히 뇌 속의 자리만 잔뜩 차지하고 있는, 나만 알고 있는 정보 중 일부다.

어쨌거나 필립 그레이엄의 정신적 몰락은 결국 자살로 마무리되었다. 에디터들 사이에서는 그를 둘러싼 이야기들이 지속적으로 (비밀스럽게) 논의되었는데, 나는 그와 관련된 모든 텔렉스들을 읽은 데다가 그 (비밀스러운) 이야기들을 다 들을 수도 있었기 때문에, 그 주제에 완전히 몰입하게 되었다. 《뉴스위크》에는 시체보관소가 하나 있다. 자료 조사에 필요한 모든 정보 쪼가리들이 잔뜩 쌓여 있는 자료실 말이다. 이 시체보관소 역시 언론계에서 일하는 즐거움 중 하나다. 나는 그리로 가서, 그레이엄에 관한 모든 보고서들을 모아다가, 심부름하는 사이사이에 다 읽었다. 나는 이 야성적인 매력이 있는 남자와, 그가 결혼한 부잣집 딸의 이야기에 완전히 매료되었다. 몇 년이 지난 후에, 나는 캐서린 그레이엄의 자서전에서 이들이 주고받은 편지들을 읽었고, 그들이 한때 사랑했던 사이였을 수 있겠다고 생각했다. 하지만 보고서들을 샅샅이 살펴보았을 때는 그런 이야기를 상상하기 힘들었다. 그는 백만장자 딸과의 결혼을 치밀하게 계산하고도 남을, 야망이 아주 큰 남자라는 게 너무나 명백했던 것이다. 그리고 그 결

내게는 수많은 실패작들이 있다

혼이 내 눈앞에서 산산조각 났다. 너무나 드라마틱한 이야기였고, 당시에 내가 했던 온갖 잡무들을 다 보상하고도 남을 정도로 흥미로운 이야기였다.

몇 달이 지나서 나는 《뉴스위크》에서 정해놓은 우편 담당 아가씨들의 다음 운명으로 넘어갔다. 자료 정리 담당이 된 것이다. 자료 정리 담당은 전국의 신문들을 날마다 스크랩하는 일을 했다. 우리는 클립데스크라는 책상에 둘러앉아 철제 자와 그리스 연필(색깔 있는 왁스를 굳혀 만든, 크레용과 비슷한 필기도구—옮긴이)로 무장하고, 각 지역에서 오는 신문들을 찢어 기사 조각들을 해당 부서로 보내는 일을 했다. 가령, 누군가가 세인트루이스에서 암을 고쳤다면, 우리는 그 기사를 오려서 의학 팀으로 보냈다. 자료 담당은 정말 무시무시하도록 지루한 일이었는데, 설상가상으로 나는 그 일을 무척 잘해냈다. 하지만 그 와중에 배운 것이 있다. 나는 미국의 모든 주요 신문사들을 다 꿰고 있게 되었다. 그것이 나에게 무슨 도움이 되었는지 꼭 집어 얘기하기는 어렵다. 하지만 분명 뭔가 도움이 되었을 거라고 확신한다. 수년 후에 《필라델피아 인콰이어러》 출신의 칼럼니스트와 사귄 적이 있었는데, 최소한 나는 그 신문이 어떻게 생겼는지는 알고 있었다.

세 달 후에 나는 또 승진을 했다. 이번엔 완전히 고위직이었다. 나는 조사 담당이 된 것이다. '조사 담당'이라는 말은 팩트체커(사실관계를 확인하는 사람)에게는 좀 지나치게 화려한 말이었다. (그 말 자체로 그렇게 화려한 것은 아니지만.) 나는 국내부에서 일하게 되었고, 그곳으로 가게 되어 너무나 기뻤다. 대학 졸업 후 6개월 만에 가기엔 꽤 괜찮은 자리였다. 게다가 나는 정치학을 전공했기 때문에, 뭔가 전공과 관련된 전문 지식이 있는 분야에서 일한다는 기분이 들었다. 이 부서에는 여섯 명의 필자와 여섯 명의 조사 담당이 있었고, 우리는 화요일부터 잡지의 마감이 있는 토요일 밤까지 일했다. 주중에는 대개 아무도 일하지 않았다. 필자들은 전국의 사무실에 흩어져 있는 리포터들이 보내올 파일들을 기다렸는데, 그 파일들은 보통 목요일이나 금요일까지는 나타나지 않았다. 그러다가 금요일 오후가 되면 모두가 기사를 쓴 다음 조사 담당이 사실관계를 확인하도록 했다. 우리는 사실관계와 관련된 모든 부분들을 체크했다. 우리는 종종 전화를 걸기도 하고, 아주 사소한 취재를 하기도 했다. 당시의 시사 잡지 필자들은 to come(추가할 것)이라는 의미를 갖는 tk 같은 단어를 쓰는 것으로 유명했다. 그들은 늘 이런 문장을 써댔다. "하원 의회에 있는 샹들리에에는 tk개의 전구가 있었다."
그러면 조사 담당들은 실제로 거기 전구가 몇 개 있는
지 확인하는 것이다. 이런 사소한 이야기들은 '사실'이
라기보다는 '잡사'라고 할 만한 것들이 더 많았지만 이
것이 바로 시사 잡지와 일간지를 구분하는 지점이었
다. 이 장르의 스타일은 전《타임》필자였던 시어도어
화이트의 글에서 절정을 이루며 완성되었는데, 『대통
령 만들기(*Making of the President*)』라는 그의 책은 케네디
대통령이 가장 좋아하는 수프는 무엇이었는지 따위의
정보로 가득 차 있다. (답은 사워소스를 한 숟가락 얹은 토마
토 수프다. 결국 나는 그 수프를 수년 동안 먹게 되었다.)

사실관계를 확인한 뒤 그것이 정확하다고 확신할
수 있으면 그 문장에 밑줄을 그었다. 하나의 기사에서
사실관계를 다 확인하고 나면, 거의 글 전체에 밑줄이
그어져 있는 광경을 보게 된다. 그런데 어느 화요일 아
침, 우리는 사무실에 도착해서 치명적인 사건이 벌어
진 것을 발견했다. 국내 기사 한 꼭지에 오기가 그대
로 실려서 인쇄되었던 것이다. 콘래드 아데나워(Konrad
Adenauer)의 이름 첫 글자가 K가 아닌 C로 인쇄되어 나
갔던 것이다. 비난은 제일 처음 그 이름을 잘못 적은
(남성) 필자나, 수많은 (남성) 선임 에디터들이나, (역시

남성) 교열 담당자들이 아니라 그 기사를 체크한 두 명의 (여성) 조사 담당들에게 떨어졌다. 이들은 이 곤란한 상황에 대처하느라 정신없이 바빴다. 콘래드라는 단어에 밑줄을 그은 것이 둘 중 누구인지에 관해 치열한 논쟁이 벌어졌다. 그중 한 명이 말했다. "나는 이런 식으로 밑줄을 긋지 않아!"

이런저런 일들을 다 겪고 난 후에 보니,《뉴스위크》에서 성차별이 얼마나 깔끔하게 제도화되어 있었는지 알 수 있을 것 같다. 모든 남성에 대해 여성은 열등한 존재였다. 모든 남성 필자들 아래에 허드렛일을 다하는 여성들이 있었다. 딱히 의미는 없지만 사람들이 잘 모르는 세부 사항들을 화려하게 치장해주는 작업마다, 그 일을 마무리하기 위해 어린 보조들이 필요했다. 간부들의 실수를 수정해주는 밑줄 긋기 작업이 필요했던 것이다. 하지만 당시의 나는 이런 사실들을 다 알아채기에는 너무 어렸다. 다만 나는 서서히《뉴스위크》에서는 내가 필자로 승진하기 어려울 것 같다고 생각하기 시작했다. 설사 승진했다 해도 그 일을 잘했을 것 같지 않다.

그 유명한 114일간의 신문 파업(사실 파업이라기보다는 [사측에 의한] 사업장 폐쇄라고 해야 맞다.)은 1962년 12월에 시작되었다. 그 부작용 중 하나는 출근을 저지당한 몇몇 기자들이 《뉴스위크》로 와서 (임시) 필자가 된 것이다. 그중 한 명이 찰스 포티스라는, 《뉴욕 헤럴드 트리뷴》 출신 리포터였다. 이 사람은 나중에 나와 잠깐 사귄 적이 있는데, 그게 중요한 건 아니다. (물론 전혀 안 중요하다는 말은 아니다.) 중요한 것은 장엄하고도 독특한 문체(그는 나중에 소설가가 되어 『트루 그릿(*True Grit*)』이라는 소설을 썼다.)를 자랑하는 훌륭한 필자인 그가, 형식적이고 개성 없으며 자기 이름을 걸지 않고 쓰는, 심지어 행수까지 정확히 맞춰야 하는 글을 쓰는 데에는 전혀 소질이 없었다는 사실이다. 《뉴스위크》의 기사가 바로 그런 글이었는데 말이다.

그 즈음에 나는 빅터 나바스키와 친구가 되었다. 그는 《모노클》이라는 풍자 잡지의 에디터였는데 세상에 모르는 사람이 없는 것처럼 보였다. 그는 중요한 사람들(거물들)을 알고 있었고, 또 단지 그가 안다는 이유만으로도 충분히 남들의 눈에 중요해 보이는 사람들을 알고 있었다. 《모노클》은 부정기적으로 아주 가끔씩만 나왔는데, 그 대신 파티는 아주 자주 열었다. 나는 그 파티에서 평생을 갈 좋은 친구들을 많이 알게 되었다. 빅터의 아내인 애니, 캘빈 트릴린, 존 그레고리 던 등. 빅터는 나를 글로벌 미디어 기업 콩데 내스트의 에디터인 제인 그린에게도 소개해주었다. 그녀는 (나보다) 나이가 좀 많아 스물다섯 살 정도였는데, 옷차림과 취향, 기호가 아주 세련된 여자였다. 그녀 역시 세상 사람 모두를 알고 있는 듯했다. 그녀는 나에게 오믈렛과 브리치즈, 그리고 비텔로 토나토(이탈리아의 송아지 고기 요리—옮긴이)를 소개해주었다. 그녀는 "회화적인(painterly)"이라는 말을 사용하면서, 그 말뜻을 나에게 설명하려고 애썼다. 그녀는 내가 어떤 계열의 유대인인지 물었다. 나는 유대인의 계열이라는 개념을 그 전까지는 한 번도 들어본 적이 없었다. 그녀는 독일계 유대인이었는데, 그녀가 아니라, 그녀의 할아버지가 독일 출신이라는 뜻이었다. 그녀는 그 사실에 아주 만족스러워했다. 나로서는 그게 왜 중요한지 전혀 이해가 안 되었지만. (말이 나와서 말인데, 사실 하나도 안 중요하다. 그런 시절은 이미 지나가버렸다.)

제인에게 배운 것들을 나열하면 끝이 없을 것이다. 그녀는 화가 윌렘 드쿠닝에 대해서 알려주었고, 모마(MoMA, 뉴욕 현대미술관)에 데려가 팝아트와 옵아트를 보여주었고, 르코르뷔지에와 미스 반데어로에의 차이를 알려주었다. 그녀는 유명한 기자들이나 필자들과 수도 없이 연애를 했는데, 그래서 나는 그들을 실제로 만나기 훨씬 전부터, (제인 덕택에) 그들에 관한 아주 사소하고 내밀한 사실들까지 다 알고 있었다. 결국 나중에 나는 그들 중 한 명과 잤는데, 그로 인해 그녀와의 우정도 막을 내렸다. 물론 많은 일들을 겪고 난 뒤였다.

신문 파업이 한 달 정도 지속되던 어느 날 빅터가 전화해서는 뉴욕 신문들의 패러디를 만들기 위해 1만 달러를 모으고 있다고 했다. 그리고 나더러 《뉴욕 포스트》에 실리는 레너드 라이언스 가십 칼럼의 패러디를 써줄 수 있느냐고 물었다. 나는 그러겠다고 했다. 실은 아무 생각 없이 한 말이었다. 나는 라이언스를 몇 번 만난 적이 있었다. 부모님이 뉴욕에 오시면 자주 갔던 식당이 사르디스였는데, 그는 밤마다 그곳에 나타나곤 했다. 하지만 그의 칼럼에 대해 생각해본 적은 없었다. 결국 친구인 마르샤에게 전화를 걸어 라이언스의 특징이 대체 뭔지 물어보았다. 그녀는 그 얼마 전 아르바이트로 레너드 라이언스 아들의 개들을 돌보는 일을 했던 터였다. 그녀는 라이언스의 칼럼이 아무런 핵심이 없는 짧은 일화들의 연속이라는 점을 설명해주었다. 나는 시체보관소로 달려가 라이언스의 칼럼들 몇 주치를 읽고는 패러디를 썼다. 패러디란 참 이상한 것이다. 살면서 대여섯 번밖에 써본 적이 없지만, 그것들은 마치 바람처럼 곁에 와서는, 완전히 사람을 압도해버려서, 나중에는 거의 무언가에 씐 상태에서 글을 쓰게 된다. 작가가 연기를 하게 되는 것과 비슷한데, 아주 잠깐 동안 그 캐릭터가 되었다가 빠져나오는 것이다.

빅터가 발행한 《뉴욕 페스트》(《뉴욕 포스트》의 패러디), 《달리 뉴스》(《데일리 뉴스》의 패러디) 등의 신문들은 신문 가판대에 겨우 자리 잡기는 했지만, 잘 팔리지는 않았다. 가판대 판매원들은 당시에 패러디의 의미를 잘 이해하지 못해서(《내셔널 램푼》,《어니언》 등이 생기기 훨씬 전의 일이니까 말이다.) 대부분 배본소로 되돌려 보냈다. 하지만 업계 관계자들은 모두 그 신문들을 보았다. 진짜 웃기고 재미있는 신문들이긴 했다. 《뉴욕 포스트》의 에디터들은 우리를 고소하자고 했지만, 《뉴욕 포스트》 발행인 도러시 시프는 이렇게 말했다. "웃기는 소리 하지 마. 그 사람들이 《뉴욕 포스트》를 패러디할 수 있으면, 《뉴욕 포스트》 기사도 쓸 수 있을 거야. 그 사람들 다 고용해!" 그래서 그 에디터들은 빅터에게 전화했고, 빅터는 다시 나에게 전화해서 《뉴욕 포스트》에서 일할 생각이 있느냐고 물었다. 나는 당연히 생각이 있었다.

며칠 후 웨스트 스트리트에 있는《뉴욕 포스트》사무실로 갔다. 2월의 얼어 죽을 듯한 날씨에, 건물 출입구를 찾으려다 실패하고 길을 잃었다. 사실 출입문은 워싱턴 스트리트에 있었다. 2층으로 가는 엘리베이터를 타고 길고 어지러운 복도를 지나 편집실(city room)에 도착했다. 내가 과연 제대로 찾아온 것인지 확신할 수 없었다. 먼지가 많은 커다란 방이었고, 더러운 창문 너머로 허드슨 스트리트가 내려다보여야 했지만, 사실 아무것도 보이지 않았다. 겨울의 어둠 속에서 부서진 책상에 서너 명의 에디터들이 앉아 있었다. 그들은 나에게 사업장 폐쇄가 풀리는 대로 리포팅 테스트를 해보자고 제안했다.

당시 뉴욕에는 일곱 개의 신문이 있었고,《뉴욕 포스트》는 발행부수로는 가장 규모가 작은 신문이었다. 자유주의적이고 비판적인 성향의 신문으로 제임스 웩슬러라는 에디터 아래에서 전성기를 보낸 적이 있지만, 먼 옛날의 일이었다. 하지만 여전히 충성도 높은 독자들의 탄탄한 지지를 받고 있었다. 결국 직장 폐쇄 7주 만에 도러시 시프는 PA(발행인 연합)를 탈퇴해, 신문 발행을 재개했고, 나는《뉴스위크》에서 2주의 휴가를 얻어 테스트를 받았다. 나는《뉴욕 포스트》기사들을 읽으며 준비했는데, 사실 더 중요한 준비는 거기서 얼마 동안 일한 경험이 있는 제인에게 받은 코치였다. 제인은 그 신문에 대해 알아야 할 모든 것에 대해 설명해주었다. 《뉴욕 포스트》는 석간신문이라서 '야간용'이라고 불린다고 했다. 그러니까 그 기사들은 조간신문 기사들과 확실히 구별되어야 하고, 기획이 들어간 특집이 있어야 하고, 관점이 있어야 한다고 했다. 이것이야말로 사람들이 조간신문에 더해 석간신문을 한 부더 사는 이유라는 거였다. 절대로 '누가, 무엇을, 언제, 어디서, 어떻게, 왜'라는 육하원칙에 따른 단순한 리드를 쓰면 안 된다고 했다. 또 업무를 받았을 때, "이해가 안 가요."라거나 "정확히 어디를 말씀하시는 거죠?" 혹은 "그 사람들 연락처가 어떻게 되나요?" 같은 소리를 절대로 하지 말라고 했다. 우선 자리로 돌아가서 곰곰이 생각해보라. 시체보관소에 가서 파일을 뒤져라. 전화번호부를 뒤지고, 주소록을 찾아보고, 아는 사람에게 전화로 물어라. 무슨 짓이든 하되, 절대로 에디터에게 물어보면 안 된다.

드디어 테스트를 시작하는 날, 나는 편집실이 지난번에 보았던, 그 음침한 겨울날의 분위기에서 조금은 달라져 있으리라는 기대를 안고 갔다. 하지만 조명이

내게는 수많은 실패작들이 있다

좀 더 밝아진 것 외에는 전혀 변화가 없었다. 한마디로 납골당이었다. 1930년대 뉴스룸을 완벽하게 구현한 세트장 같다고 할까. 책상은 낡았고 의자는 부서져 있었다. 모두가 담배를 피웠지만, 재떨이는 하나도 없었다. 붉게 타는 담배들은 책상 가장자리에 아슬아슬하게 걸려 있다가 결국 책상에 짙은 그을음을 남겼다. 심지어 책상이 충분한 것도 아니었다. 경력 20년 미만의 기자들은 책상은 고사하고 서랍 하나 갖지 못했다. 여러 사람이 앉을 자리를 찾는 모습은 마치 '의자에 먼저 앉기' 놀이를 하는 것처럼 보였다. 창문은 단 한 번도 닦은 적이 없었고, 편집실로 들어가는 문에 끼워져 있는 반투명 유리는 너무 더러워서 누군가 유리에 손가락으로 "불결해."라고 써놓았을 정도였다. 나도 그런 데 신경 쓰고 싶지는 않았다. 나는 당시 내 인생의 거의 절반을 신문기자가 되기를 소망하는 데에 쓴 터였다. 그리고 이제 드디어 그 문 앞에 서 있는 셈이었다.

첫 주에 내 이름으로 나간 기사가 네 꼭지였다. 여자 배우 티피 헤드런(히치콕의 영화 「새」와 「마니」에서 주인공을 연기했다.—옮긴이)을 인터뷰했다. 짝짓기를 거부하는 바다표범 두 마리에 관한 기사를 쓰기 위해 코니아일랜드 수족관을 취재했다. 이탈리아 출신 영화감독인 난니 로이도 인터뷰했다. 웨스트 82번 스트리트에서 일어난 살인 사건도 취재했다. 금요일 오후, 드디어 나는 그 신문에서 정규직 제의를 받았다. 리포터 중 한 명이 그날 밤에 근처에 있는 프런트페이지라는 바에서 술을 사주었다. 말 그대로였다. 첫 페이지. 그날 밤 늦게, 택시를 타고 매디슨 스트리트로 가면서 《뉴스위크》 빌딩을 지나쳤다. 불타는 듯 환하게 조명이 켜진 11층을 올려다보며 혼자서 생각했다. '저 위에서는 다음 주에 발행할 《뉴스위크》를 마감하느라 정신이 없겠지. 하지만 아무도 신경 안 써.' 참으로 놀라운 개안(開眼)의 순간이었다.

나는 《뉴욕 포스트》를 사랑했다. 그곳도 물론 동물원이었다. 에디터는 완전히 호색한이었고 경영 담당 에디터는 사이코였다. 때로는 직원의 반 이상이 만취 상태인 것 같기도 했다. 하지만 나는 내 일을 사랑했다. 그곳에서 보낸 첫 한 해 동안 나는 글 쓰는 법을 배웠다. (시작할 땐 글쓰기에 대해 아는 게 거의 없었다.) 에디터들과 교열 담당자들이 나를 훈련시켰다. 그들은 말 그대로 나의 유모들이었다. 처음엔 짧은 글을 쓰게 하고, 그다음엔 좀 더 긴 글을 쓰게 하고, 그러다 다섯 쪽짜리 연재물을 맡겼다. 나는 그 과제들을 해내면서 엄청나게 많은 것을 배웠다. 그리고 얼마 후 본능적으로 짜임새에 대한 감각을 익히게 되었다. 프레드 맥머로라는 엄청나게 유능한 카피 에디터가 있었는데, 그는 내 글을 들고 내 자리까지 걸어와서 어떤 부분들을 왜 고쳤는지 하나하나 이야기해주었다. 절대로 글을 인용문으로 시작하지 마라. 인용할 때 '말했다(said)' 외에 다른 말은 쓰지 마라. 중요하다고 생각하는 부분은 절대로 맨 마지막에 두지 마라. 분량 때문에 잘려나갈 수 있다. 또 조 래비노비치라는 엄청나게 유능한 피처 에디터가 있었는데, 그는 때때로 튀어나오는 나의 문체적 과잉을 잘 제어해주었다. 톰 울프가 《헤럴드 트리뷴》에서 글을 쓰기 시작했을 때 내가 그를 똑같이 따라 하려는 가여운 노력을 하자, 그 끔찍하게 어리석은 만행에서 나를 구원한 것도 바로 그였다. 선임 에디터인 스탠 오포토스키는 색다른 특집 기획을 만들어서 나에게 맡겨주었다. 나는 혹서와 한파에 대한 기사를 썼다. 나는 비틀스에 관해, 보비 케네디에 관해, 그리고 '인도의 별'이라 불리던 보석 강도 사건에 관해 기사를 썼다.

《뉴욕 포스트》의 인력은 형편없이 모자랐지만, 그래도 뉴욕의 다른 언론사에 있는 여성들을 다 합친 것보다 더 많은 여성들이 《뉴욕 포스트》에서 일했다. 《뉴욕 포스트》의 리라이팅 에디터들 중 최고는 헬렌 두다라는 여성이었다. 안녕, 자기야, 내가 리라이팅해주지. 당시에 《뉴욕 포스트》는 하루에 여섯 개의 판을 발행했다. 오전 11시에 시작해서 주식시장이 문을 닫는 4시 30분이 마지막이었다. 뉴스가 발생하면, 현장에 있는 리포터들이 공중전화 박스에서 구체적인 사실관계들을 전화로 알려왔다. 그러면 리라이팅 에디터들이 기사를 쓰는 것이다. 뉴스 편집실은 인쇄실 바로 옆이었고, 그 모든 소리들, 리포터들이 타이핑하는 소리, 식자공들이 식자판 만드는 소리, 철사기가 끽끽대는 소리, 윤전기가 돌아가는 소리는 저널리즘의 판타지를 상징했다.

나는 《뉴욕 포스트》에서 5년을 일했다. 그러고 나서 마침내 필자가 되었다. 나는 저널리즘의 가치를 믿었다. '진실'이라는 게 존재한다고 믿었다. 사람들이 자신들의 말이 잘못 인용되었다고 항의할 때, 그들이 단지 자신들의 이야기를 차갑고 딱딱한 인쇄물에서 보는 게 불편해서 그러는 것일 뿐이라고 믿었다. 정치 활

　　　내게는 수많은 실패작들이 있다

동가가 언론이 자신들에 대한 음모론을 펼친다고 항의할 때, 그들은 뉴스 업체들 대부분이 음모론을 만들어내는 데 굉장히 서툴다는 사실을 전혀 모르는 게 아닌가 생각했다. 나의 냉소주의나 감정을 개입시키지 않는 성향이 저널리즘이라는 직업에 잘 맞는다고 믿었다. 때로 이것들이 내 단점임을 인정했지만, 솔직히 진짜로 그렇게 믿은 적은 없었다.

나는 기자와 결혼했는데, 그 결말이 좋지는 않았다. 나중에 또 기자랑 재혼했는데, 그 결말은 괜찮았다.

이제 와서는 '진실'이라는 것이 존재하지 않는다고 생각하는 편이다. 사람들의 말은 늘 잘못 인용된다. 언론계는 음모론으로 가득 차 있다. (의도치 않은 실수로 정보를 잘못 사용하는 것도 음모에 포함된다.) 정서적으로 거리를 두어야 한다는 기계적 객관주의와 냉소주의는 기자를 사건에서 지나치게 멀어지게 만들 뿐이다.

하지만 나는 오랫동안 저널리즘을 사랑해왔다. 나는 편집실을 사랑했다. 저널리즘에 종사하는 그 집단을 사랑했다. 담배를 피우고 스카치를 마시고 포커 치는 걸 사랑했다. 나는 어떤 것에 대해서도 깊이 알지는 못했지만, 어쨌거나 그 직업에 종사했다. 나는 그 스피드를 사랑했고, 마감을 사랑했고, 사람들이 신문지로 생선을 포장하는 것을 사랑했다.

기사 만들어내는 게 얼마나 힘든지 알아! 하고 말하곤 했다.

나는 꼬마 때부터 늘 나중에 뉴욕에서 살게 되리라는 사실을 알고 있었다. 그사이의 일들은 전부 인터미션일 뿐이었다. 나는 그 막간의 휴식 같은 시절 내내 뉴욕이 어떤 곳인지 상상하면서 보냈다. 나는 그곳이 세상에서 가장 흥미진진하고 신비롭고 가능성이 풍부한 곳이리라고 꿈꿔왔다. 원하는 것을 진짜로 얻을 수 있는 곳. 미칠 듯이 만나고 싶은 사람들에 완전히 둘러싸여서 살 수 있는 곳. 내가 유일하게 될 만한 가치가 있다고 믿었던 그 직업을 가질 수 있는 곳. 바로, 기자가 될 수 있는 곳 말이다.

그리고 그 꿈은 사실이 되었다.

내게는 수많은 실패작들이 있다

전설

나는 베벌리힐스에 있는 스페인식 집에서 성장했
다. 부모님에게는 친구가 많았는데, 거의 모두 뉴욕에
서 건너와서 그 산업에 종사하는 이들이었다. 그 일은
늘 '그 산업'이라고 불리곤 했다. (그 산업에 종사하지 않는
이들은 민간인이라고 불린다.) 남자들은 영화나 텔레비전의
각본을 썼다. 그들의 아내는 일을 하지 않았다. 그 당
시 그녀들의 명칭은 가정주부였으나, 그중 누구도 집
안일을 하지는 않았다. 그녀들은 모두 요리사와 가정
부와 세탁부를 거느리고 있었다. 우리 어머니에게도
가사 도우미가 있었지만, 어머니는 달랐다. 어머니는
직장을 다녔다. "엄만 일해야 하니까 거기 못 간다고

전하렴." 어머니는 1년에 몇 번씩 이 문장을 읊조리곤 했다. 당신은 학부모교사연합회 모임 같은 곤란한 일에서 해방되어야 한다는 뜻인 동시에, 당신이 다른 어머니들과는 차원이 다른 인간임을 우리에게 주지시키려는 의도도 담겨 있었다. 어머니는 심지어 다른 직장 여성들과도 차원이 다른 존재였다. 그 산업에는 극소수의 여성들만 일하고 있었다. 예를 들어 의상 디자이너 이디스 헤드 같은 사람 말이다. 한번은 어머니가 그 사람을 포함한 다른 동료 여성들과의 점심 식사 자리에 나를 데려간 적이 있는데, 그들 중 아무도 일과 육아를 **병행**하지 않았다. 어머니는 병행했다. 게다가 어머니가 번번이 강조했다시피, 요리도 맛있게 해냈다. 내조도 거뜬히 해냈고 심지어 옷도 근사하게 차려 입었다.

모든 걸 다 해내는 슈퍼우먼에 대한 생각이 유행하기도 전이었다. 우리 어머니는 정말 그 모든 일을 다 해치웠다. 그리고 미치광이 주정뱅이로 전락하면서 이야기를 망쳐버렸다. 하지만 그건 나중 일이다.

부모님이 퇴근하고 집에 돌아오면 우리는 모두 매일 가족실에 모여들었다. 부모님은 술을 마셨고, 우리는 크뤼디테라는 프랑스식 생야채 전채 요리를 먹었다. 당시에는 그 이름도 생소할 때여서 그냥 당근과 셀러리라고 불렀다. 그러고 나선 주방 옆 식당에서 저녁 식사를 먹었다. 따뜻하게 데워진 접시와 나무 주걱으로 다져 만든 버터볼이 있는 식당에서 애피타이저와 메인 코스, 디저트를 차례로 먹었다. 우리는 다른 사람들도 이렇게 살 거라고 생각했다. 한번은 여덟 살 되던 해에 친구네 집에서 저녁을 먹었는데, 그 집 어머니는 수프와 샌드위치를 차렸다. 나는 그 집이 가난하다고 생각했다.

우리 집에선 저녁 식사를 하며 정치와 책에 대해 토론했다. 우리는 그날 학교에서 있었던 신나는 이야기들을 들려주었다. 제스처 게임도 했다. 한때 캠프 지도교사로 일했던 어머니는 우리에게 노래를 가르쳐주었다. "양팔 벌린 밤나무 아래" 하는 노래를 부르며 팔을 한껏 벌리고 가슴을 쿵쿵 치곤 했다. "종들이 전부 땡그렁땡땡" 하는 노래를 부르면서는 유리컵을 숟가락으로 쨍쨍 두드렸다. 부모님은 여권운동가 루시 스톤, 뉴딜정책, 사회주의자 노먼 토머스, 언론인 에드워드 머로의 가치를 지지하라고 가르쳤다. 또한 조직화된 종교는 모든 악의 근원이며, 정치인 애들러이 스티븐슨은 신이라고 가르쳤다. 우리는 어머니만의 규칙을 되풀이해서 주입받았다. 빨간색 코트는 절대 사면 안된다. 붉은 고기는 머리카락이 희끗희끗해지는 걸 방지한다. 식탁에서 먼저 **일어날 수는 있지만** 어지간하면 **안 일어나는 게 좋다.** 거들은 위장 근육을 망쳐놓는다. 수단과 결과는 똑같은 것이다.

어머니는 여러 이야기를 들려주었다. 자라면서 숱하게 들었던 그 이야기들. 부모님이 어떻게 처음 만나 사랑에 빠졌는가. 지도교사로 일하던 캠프에서 어떻게 도망쳐서 결혼식을 올렸고 어떻게 마침내 같은 텐트 안에서 잠들 수 있었는가. 이모할머니 미니가 어떻게 세계 최초의 여성 치과의사가 되었는가. 그리고 마지막으로 어머니가 어떻게 저널리스트 릴리언 로스를 우리 집에서 쫓아냈는가. 이 이야기가 가장 중요했는데 이 이야기에 비하면 다른 이야기들은 그저 양념에 불과했다.

이건 그냥 이야기가 아니라, 전설이다.

릴리언 로스는 부모님이 열었던 파티에 한 번 참석했던 것 같다. 부모님은 1년에 한 번 정도, 40여 명의 사람들을 초대해 정찬을 베풀곤 했다. 애비렌츠사에서 테이블과 의자를 빌려서는 오랫동안 우리 집에서 일한 도우미가 만든 맛있는 요리들을 대접했다. 어머니는 이 파티를 위해 구입한 갈라노스 드레스를 차려입었다. 부모님의 친구들이 모두 모여들었다. 줄리어스 엡스테인(「카사블랑카」 각본가), 리처드 메이바움(「빅 클락」의 프로듀서이자 「제임스 본드」 시리즈의 각본가), 찰스 브래킷(「니노치카」와 「선셋 대로」의 각본가), 가장 위대한 영화 제목들을 거느리고 있는 앨버트 해킷과 그의 아내 프랜시스 굿리치(「그림자 없는 남자」, 「7인의 신부」, 「멋진 인생」, 「안네의 일기」의 공동 각본가). 나는 2층 마루에 서서 난간 너머로 파티 풍경을 내려다보거나, 허비 베이커(「더 걸 캔트 헬프 잇」의 각본가)가 식사를 마치고 연주하는 피아노 소리를 엿듣곤 했다. 한번은 리엄 오브라이언(「영 앳 하트」의 각색자)과 사귀던 시절의 셸리 윈터스를 힐끗 보기도 했고, 또 한번은 배우 부부 마지와 고어 챔피언의 모습을 보기도 했다. 그야말로 별처럼 빛나는 풍경이었다.

어느 날 밤, 세인트 클레어 매켈웨이가 부모님의 파티에 초대받았다. 몇몇 영화의 각본을 쓰기도 했던 매켈웨이는 《뉴요커》의 유명 필자였다. 그는 미리 전화를 걸어 친구 릴리언 로스를 데려가도 되는지 물었다. 그는 어머니에게 릴리언 로스를 아는지 물었고, 어머니는 당연히 알고 있었다. 《뉴요커》가 매주 우편함에 배달되었다. 《뉴욕 타임스》 일요일판, 《새터데이 리뷰 오브 리터러처》와 더불어 《뉴요커》는 할리우드에 살고 있는, 똑똑한 유대계 이주민이라면 꼭 읽어야 할 잡지였다. 그들은 《뉴요커》를 읽으면서 자신들이 길을 잃지 않았으며, 맘만 먹으면 즉각 동부로 떠날 수 있다는 위안을 얻었다.

그 당시 릴리언 로스는 아직 젊었지만, 《뉴요커》에 쓰는 기사와 그 기사에서 다루는 대상들을 멍청이처럼 보이게 하는 능력 때문에 이미 유명 인사였다. 그 즈음 그녀는 헤밍웨이에 관한 매우 훌륭한 인물평을 쓴 바 있었는데, 존 휴스턴 감독의 영화 「전사의 용기」 촬영 현장 취재 기사를 쓰기 위해 로스앤젤레스에 머무르고 있었다. 어머니는 맥컬웨이에게 릴리언 로스와 함께 파티에 온다면 대환영이라고, 대신 릴리언 로스가 이 파티를 기사화하지 않기로 약속해줘야 한다고 말했다.

그리하여 릴리언 로스가 파티에 왔다. 저녁 식사를 하기 전, 로스는 어머니에게 집 구경을 시켜달라고 요청했다. 어머니는 그녀와 함께 집을 한 바퀴 돌다가 어느 순간 나와 세 여동생이 함께 찍힌 사진 앞에 멈춰 섰다.

"따님들인가 봐요?"

그녀가 어머니에게 물었다.

"맞아요." 어머니가 대답했다.

릴리언 로스가 다시 물었다.

"따님들을 볼 짬은 나세요?"

그게 문제였다.

어머니는 릴리언 로스를 1층에 있던 매켈웨이에게 데려가서 이렇게 말했다.

"나가요."

그리고 릴리언 로스와 세인트 클레어 매켈웨이는 우리 집을 떠났다.

이것이 어머니와 릴리언 로스 사이에 얽힌 전설이다. 어머니는 이 전설을 들려주는 걸 무척 즐겼다. 정말이지 카우보이 영화 같은 이야기였다. 우리는 여성이 모든 걸 다 해낼 수 있다고 믿어 의심치 않으며 성장했는데, 릴리언 로스가 감히, 그것도 우리 집에서, 그 사실에 의문을 표했던 것이다. 그런 그녀를 어머니는 내쫓아버렸다.

나는 이 일화를 사랑했다. 어머니가 옳았고 나머지 사람들이 틀렸다는 것을 입증하는 이야기 전부를 사랑했다. 특히 내 마음속 어딘가에서 어머니가 다른 평범한 어머니들 같았으면 좋겠다고 바라게 되면서 더욱 그랬다.

하지만 그 후 10년쯤 지나고 나서부터 나는 그 이야기에 대해 의문을 품었다. 그 일이 실제로 일어나긴 했을까? 어릴 때부터 친숙했던 이야기들이 있다. 하지만 나이 들면서, 그 이야기들에 상식적으로 이해할 수 없는 측면이 있다는 걸 깨닫게 된다. 이건 어딘가 너무 완벽하다. 결정적으로 어머니의 마지막 대사가 너무 완벽하게 들어맞았다. 우리 아버지가 회고록을 쓴 적이 있는데, 아버지가 대릴 재넉(「킬리만자로의 눈」, 「이브의 모든 것」 등을 제작한 거물 프로듀서—옮긴이) 같은 사람들에게 '제기랄'이라고 말해줬다는 식의 믿을 수 없는 에피소드가 몇 개 눈에 띄었다. 어머니와 릴리언 로스의 전설도 어떤 면에선 그런 종류의 에피소드였다. 너무 뛰어난 에피소드라 오히려 믿기 어려웠다.

어머니가 알코올 중독자가 되었을 무렵 나는 열다섯 살이었다. 어머니는 정말 괴상했다. 어느 날엔 알코올 중독자가 아니었다가 그다음 날에는 완벽한 주정뱅이로 돌변했다. 어머니는 매일 밤 스카치 한 병을 들이켰다. 자정 즈음이면 침실에서 뛰쳐나와 머리를 찧고 비명을 지르며 우리 모두를 공포로 몰아넣었다. 아버지도 술을 마셨지만, 아버지는 독하지 못한 감상적인 중독자였다. 아버지의 주사는 훨씬 부드러운 편이

내게는 수많은 실패작들이 있다

었다.

내가 웰즐리 대학에 입학했을 때, 부모님의 영화 작업은 고갈 상태에 다다랐지만 어쨌든 낮 동안 협업을 할 수 있을 만큼은 말짱했다. 부모님은 『저 여자, 쟤가 내 딸이야(Take Her, She's Mine)』라는 희곡으로 성공을 거두었다. 딸이 동부의 여대로 떠나버린 남부 캘리포니아 가족에 관한 내용이었다. 내가 대학에서 써 보낸 편지에서 인용한 구절들이 여기저기 있었다. 내가 4학년 때 그 연극이 브로드웨이 무대에 올랐다. 아트 카니가 아버지로, 엘리자베스 애슐리가 딸로 출연했다. 웰즐리 학생이라면 누구나 그 연극을 알았고, 극작가이자 모든 일을 척척 해내는 놀라운 내 어머니에 대해서도 모두가 알게 됐다.

부모님이 내 졸업식에 오리라고는 기대하지 않았다. 하지만 졸업식 며칠 전 어머니로부터 참석 통보 전화가 걸려왔다. 어머니는 스타일리시한 광휘에 뒤덮인 채 학교에 도착했다. 잘 차려입은 정장에, 7센티미터가 넘는 힐을 신고 있었다. 클립형 귀걸이는 브로치의 색깔과 잘 어울렸다. 어머니는 내 기숙사의 옆방에서 이틀 밤을 묵었다. 나는 침대에 누워 종잇장처럼 얇은 벽 너머로 어머니가 술에 취해 중얼거리는 소리를 엿들었다. 어머니가 방에서 뛰쳐나와 타워코트홀로 달려갈까 봐, 내 친구들 앞에서 나를 망신시킬까 봐, 홀 여기저기를 비틀거리며 머리를 찧고 비명을 질러대어 친구들이 진실을 알게 될까 봐 두려웠다.

하지만 무엇이 진실이었을까?

나는 원래의 이야기를 고스란히 믿었더랬다. 나는 신실한 신도였다. 우리 어머니는 여신이었다.

하지만 어머니는 알코올 중독자였다.

알코올 중독자 부모는 정말 혼란스러운 존재다. 그들은 틀림없이 나의 부모님이다. 나는 그들을 사랑한다. 하지만 그들은 주정뱅이다. 나는 그들을 증오한다. 하지만 그들을 사랑한다. 하지만 그들을 증오한다. 그들에게는 어린 시절 내가 우상화했던 바로 그 모습이 깃들어 있다. 또한 괴물이라고밖에는 표현할 수 없는 모습도 있다. 시간이 지나면 그들은 항상 괴물이 된다. 내게 어마어마한 힘을 행사했던 사람들(나는 빨간 코트를 구입하기까지 40년이 걸렸다. 심지어 산 다음에도 딱 한 번밖에 안 입었다.), 그러나 더 이상 내게 어떤 영향도 끼칠 수 없게 된 사람들.

어머니가 돌아가시기 한참 전부터, 나는 어머니의 죽음을 기다렸다. 막상 어머니가 돌아가시고 나자, 예상했던 것과는 좀 다른 깨달음이 왔다. 내가 왜 이런 생각을 하지? 나한테 무슨 문제가 있나? 대체 어떤 인간이 친어머니의 죽음을 바란단 말인가? 아니, 그런 식이 아니었다. 어머니는 완벽한 악몽 그 자체였고, 쉰일곱 살로 숨을 거둘 때까지 술을 마셔댔다.

그때 난 서른 살이었다. 5년 동안 신문기자로 일한 다음, 잡지에 글을 쓰는 프리랜서 기고가가 되었다. 헤럴드 헤이어스가 《에스콰이어》를 지휘하던 후반기에, 클레이 펠커가 《뉴욕》을 지휘하던 초창기에 글을 썼다. 현기증 나는 시절이었다. 《에스콰이어》나 《뉴욕》 같은 잡지들이 시대정신을 대변했고, 거기에 글을 쓰던 (대부분의) 남성들은 거만하고 원기 왕성하던 시절이었다. 실제로는 그렇지 않았지만 자신들이 논픽션을 창조했다고 믿었고, 레스토랑에 우우 몰려다니며 밤늦게까지 즐기는 풍경도 자신들에게서 시작됐다고 믿었다. 독자들이 정말로 잡지에 관심이 있었고, 신문 가판대에 《에스콰이어》 최신 호가 진열되는 날이면 난리법석이 벌어지던 시절이었다. 그 일부가 된다는 건 진심으로 재밌는 일이었다. 나는 《에스콰이어》의 필자였고 여성에 대한 칼럼을 썼다. 종이 매체의 세계, 내가 몸담았던 그 작은 세계 안에서 나는 약간 유명해졌다.

릴리언 로스를 만난 적은 없지만, 때때로 그녀가 좀 궁금했다. 나는 릴리언 로스의 초창기 글들을 전부 찾아 읽고 나서 그 글들이 굉장하다고 생각했다. 하지만 그녀는 기명 인물평을 더 이상 쓰지 않았고, 주로 《뉴요커》에서 '장안의 화제(Talk of the Town)'란에 들어가는 무기명 기사를 담당했다. 릴리언 로스가 《뉴요커》의 에디터 윌리엄 숀과 연인 사이라는 소문이 돌았고, 윌리엄 숀이 《뉴요커》에 전체적으로 덧씌운 온화함이라는 사악한 주문에 그녀 역시 (멀리서 보기에는) 걸려든 것처럼 보였다.

그 당시 《에스콰이어》와 《뉴욕》의 관계자들과, 《뉴요커》 관계자들 사이에서 냉전이 벌어지고 있었다. 《뉴요커》 사람들의 삶은 부러워할 만했다. 그들은 정식 계약서를 썼고 건강보험을 들었으며 기사 하나를 쓰는 데 몇 달씩 공을 들일 수 있었다. 우리로 말할 것 같으면, 언제나 초과근무에, 한 푼이라도 더 벌기 위해 법석을 떨었다. 그들은 겸손을 가장하며 성공을 멸시하는 듯 굴었지만 우리는 자기과시를 하느라 바빴고 늘 사서 고생을 했다. 그들은 성스러운 기름 부음을 받은 자들이었고, 우리는 이교도였다. 그들은 저명한 은둔자 '미스터 숀'을 숭배하며 숀이 위대한 랍비 바알

토브라도 된다는 듯 조용조용하게 그 이름을 언급했지만 우리는 헤럴드와 클레이 사이를 정신 사납게 오가는 쪽이었다. 그들은 우리가 지나칠 만큼 자기중심적이라고 여겼고, 우리는 그들이 괴짜라고 생각했다.

릴리언 로스가 나를 알고 있다는 전제하에 본다면 나는 그녀가 싫어할 만한 타입이었다. 적어도 1978년 어느 날 밤, 누군가에게 이끌려 릴리언 로스에게 다가가면서 그런 생각이 들었다. 「새터데이 나이트 라이브」쇼의 프로듀서 론 마이클스의 집에서 열린 파티에서 생긴 일이었다. 릴리언 로스는 8년 동안 론 마이클스의 인물평을 써왔다. "당신들 두 사람을 인사시켜줄게요." 론이 릴리언 로스와 나를 끌어당겼다. 릴리언 로스가 이런 강제적인 의무를 딱히 이행하고 싶어 하지 않는다는 게 즉각 느껴졌다. "당신들은 공통점이 정말 많다고요." 론이 우리를 소파에 앉혔다.

"만나서 정말 반갑습니다." 나는 말했다.

"나도요." 그녀가 대답했다.

릴리언 로스는 짧은 곱슬머리에 반짝거리는 푸른 눈을 한, 왜소한 여성이었다. 그녀는 미소 지은 채 내가 먼저 말을 시작하길 기다렸다.

내게는 목표가 하나 있었다. 어머니의 기억이 진짜

인지를 알아내되, 어떤 비밀도 누설하지 않은 채 그 이야기를 끌어내고 싶었다. 릴리언 로스가 우리 가족 연대기에서 특정한 캐릭터로 굳어졌다는 걸 알리고 싶진 않았다. 그녀가 우리 집에 잠깐 머물다 떠난 이후로도 오랫동안 우리 집에서 그녀 이야기가 계속되었다는 사실을 털어놓음으로써 어머니를 배신하고 싶지도 않았다. 그 사건이 실제로 일어났든 아니든, 나는 어머니가 승자이길 바랐다.

하지만 어떻게 질문을 시작한다? "우리 어머니가 당신을 집 밖으로 내쫓은 게 사실이에요?" 이건 너무 과감하다. "우리 어머니랑 한 번 만난 적이 있지 않나요?" 이건 너무 소심하다. 로스가 그 사건을 기억하고 있다면 더욱 그렇다.

어떻게 해야 할지 마음을 정할 수가 없었다.

그래서 당신의 엄청난 팬이라는 고백으로 대화를 시작했다. 그녀는 감사를 표했고 내 쪽에서 뭔가 더 말하길 기다리는 눈치였다. 그걸 보니 그녀는 내 글을 한 번도 읽은 적이 없거나 내 글을 싫어하는 것 같았다. 그것도 아니면(나는 거의 지푸라기라도 잡고 싶은 심정이었다.) 그녀는 내가 글 쓰는 사람인 줄도 모르는 것 같았다.

나는 그녀의 아들에 대해 물었고, 내 아들에 대해

내게는 수많은 실패작들이 있다

서도 들려주었다. 아주 가까운 친구들이 아니고선 자식 얘기에 흥미를 보일 사람이 없다는 건 경험상 알고 있었지만, 우리는 잠깐 동안 관심 있는 척했다.

그러고 나서 요즘도 론의 인물평을 계속 쓰고 있는지 물었다. 그녀는 그렇다고 답했다. 또 한 번의 정적. 릴리언 로스가 내 장단에 맞춰주려는 노력을 조금도 하지 않는다는 게 분명해졌다. 슬슬 짜증이 나기 시작했다. 론의 인물평을 쓴 지 8년째인 게 맞는지 물었다. 그녀는 그렇다고 답했다. 언제 끝마칠 예정이신지? 나는 가능하면 아주 순진한 태도로 보이길 바라며 물었다. 하지만 그녀는 속아 넘어가지 않았다. 잘 모르겠어요, 그녀가 대답했다. 《뉴요커》에선 뭐든 서두를 필요가 없다고 했다.

한 가지 사실이 분명해졌다. 그녀는 내가 누군지 알고 있다.

계속 밀고 나가기로 했다. 나는 왜 요즘 기명 인물 기사를 안 쓰는지 물어보았다. 내 생각에 이 질문은 꽤 영리하게 던진 것 같았다. 내 입술에선 달콤한 찬사가 흘러넘쳤다. 그녀의 인물 기사를 아주 좋아했고 그걸 못 읽어서 얼마나 아쉬운지 모르며, 왜 그런 기사를 더 이상 쓰지 않는지 궁금해 죽겠다고 했다. 그녀는 작금

의 잡지 저널리즘이 너무나도 자기중심적이며 자기과
시에만 열을 올리고 있기 때문에 기명 기사를 쓰지 않
기로 했다고 대답했다.

그녀의 승리를 인정해야만 했다. 똑똑한 답변이었다.

그러고 나서 릴리언 로스는 내가 꺼내지 못한 질
문에 답했다. "당신 집에 한 번 갔었어요. 어머님을 뵌
적이 있죠."

"그래요?" 나는 완벽하게 무관심한 척하며 대꾸했다.
그녀가 말했다.

"하지만 당신을 보진 못했네요."

이거였다.

의문의 여지가 없다.

그 일은 진짜 있었던 일이다.

그날 밤 이후 릴리언 로스를 여러 차례 만났다.《뉴
요커》가 더 이상 무기명 기사를 싣지 않게 된 이후에
도 그녀는 계속《뉴요커》에 글을 썼다. 결국엔 미스터
숀과의 관계를 1인칭 시점으로 고백하는 책을 쓰기도
했다. 어떤 면에선 스스로 베일을 찢어버린 셈이다. 그
녀는 우리만큼이나 자기중심적이고 자기과시적인 사
람인 듯하다. 이건 칭찬이다.

하지만 정말이지 이건 릴리언 로스에 대한 글이 아

니다. 우리 어머니가 주인공이다. 어머니가 돌아가시기 오래전부터 나는 모든 기대를 단념한 상태였다. 하지만 릴리언 로스를 만난 그날 밤, 나는 어머니를 되찾았다. 엉망진창이 되기 전, 내가 우상화했던 그 어머니를 되찾았다. 이야기의 정직한 판본을 되찾았다. 어머니는 아주 당연한 이유로 릴리언 로스를 내쫓았다. 전설은 진짜였다.

나의 아루바

아루바의 존재를 공표한다는 사실이 유감스럽다.

여러분은 아루바가 뭔지 모를 것이다. 하지만 곧 알게 될 참이다.

나는 카리브해의 아루바섬에서 그 이름을 따왔다. 아루바섬의 작은 나무들은 강풍 때문에 죄다 한쪽 방향으로 쏠려 넘어가 있다. 나의 아루바가 섬이라는 뜻은 아니다. 그건 내 머리카락에 생기는 현상이다. 정확하게는 정수리 뒤쪽이다. 내 머리카락이 점점 곤두서다가 한쪽으로 쏠리고, 결과적으로 두피의 맨살이 약간 드러난다. 머리가 빠진 건 확실히 아니다. 아루바는 아침에 일어났을 때 생긴다. 바람이 한순간 세차게 불

때도, 잠깐 걸을 때도, 지하철에 승차할 때도, 아니면 삶 자체 때문에, 어떤 이유에서든지 내 머리카락은 한 쪽으로 쏠려 있다. 그리하여 머리 뒤쪽에 두피 맨살이 훤히 들여다보이는 빈 구멍이 생기는 것이다.

문제는, 그걸 내 눈으로 볼 수 없다는 사실이다.

유리창에 비친 내 모습을 흘끗 볼 때도, 그건 머리 뒤쪽에 있어 보이지 않는다.

앞에서 보면 나도 괜찮은 사람이다.

나이에 비해 젊어 보이는 편이다.

하지만 뒤에서 보면, 머리 빗는 것을 깜빡했거나, 아니면 대머리가 되어가는 사람처럼 보인다.

둘 중 어느 것도 진실이 아니다. 맹세한다.

하지만 겉으로 좀 젊어 보여도 내가 나이 들었다는 건 부인할 수 없다. 아루바가 그것을 증명한다. 젊었을 땐 아루바가 없었는데, 요즘에 와서 생겼다.

아루바가 나이 들면서 발생하는 최악의 일은 아니 겠지만, 매우 낙심할 만한 일이기는 하다. 게다가 거의 대부분 사람들은 아루바가 생기는 바로 그 순간에 내 게 말해주질 않는다.

사람들이 말해주지 않는 일은 산더미처럼 많다. 집

에 돌아오고 나서야 하루 종일 그걸 달고 다녔다는 걸 깨닫게 된다. 예를 들어 시금치가 이빨에 붙었다든가, 옷깃 뒤쪽에 상표가 튀어나와 있다든가, 화장실에 다녀온 뒤에 구두에 휴지가 달라붙었다든가 하는 것들. 눈의 끝 쪽에 생기는 검은 얼룩, 그러니까 마스카라가 번진 자국도 있다. 실밥, 보푸라기 같은 것도 있다.

저녁 늦게 욕실 거울을 들여다보고 나서야 한 시간 반 동안 이빨에 시금치를 붙이고 돌아다녔다는 걸 깨닫고 나면 너무나 슬퍼진다. 위험 수위가 훨씬 더 높은 파슬리의 경우도 마찬가지다. 친구들 중 그 누구도 그 사실을 지적할 만큼 나에게 관심이 없었다는 사실도 슬프다.

특히 이빨에 시금치가 붙어 있다는 걸 말해주는 건 너무나 쉬운 일이기 때문에 더욱 상처받게 된다. 그냥 "이빨에 시금치 붙었어요."라고 말해주면 그만인데.

하지만 내가 아루바에 대해 글을 쓰기 전까지는, 그것을 호칭할 만한 특별한 단어가 없었기 때문에 두피의 맨살이 드러난 사람에게 알려줄 수 없었던 게 아닐까?

이제 내가 적절한 이름을 붙였으니, 나에게 아루바가 생길 시 즉시 말해준다면 정말 고마울 것이다. 지적

받고 나면 머리 모양을 다듬을 수 있으니까. 또 흐트러
지겠지만, 어쨌든.

나는 상속녀였다

나는 어머니가 할 삼촌과 소원했던 이유를 알지 못한다. 추측은 해볼 수 있다. 외조부모님을 금전적으로 부양하지 않았기 때문인지도 모른다. 어머니가 엘리너 숙모를 싫어했을지도 모른다. 외조부모님이 할 삼촌을 컬럼비아 대학에 보낼 돈은 있었으면서 어머니는 공립대로 밀어넣었다는 사실 때문에 영원히 분노를 품고 있었는지도 모른다. 누군들 정확히 알겠나? 비밀은 무덤 속에 잠들어 있다.

어떤 이유에서였든, 나는 어린 시절에 할 삼촌을 만나지 못했다. 우리는 로스앤젤레스에 살았고 할 삼촌은 앞서 말한 엘리너 숙모와 함께 워싱턴 DC에 살았다. 두 사람 모두 경제 관료였는데 1950년대에 일을 그만뒀다. 좌파 정당에 가입했다는 소문이 돌았다. 우리 부모님은 사회주의보다 더 왼쪽으로 간 적이 없었지만, 그땐 블랙리스트의 시대였다. 부모님은 누구누구의 이름을 댄 한 다스의 사람들과, 반미활동조사위원회에서 증언하길 거부했던 열 명의 영화인 중 적어도 두 명을 알고 있었다. 더불어 증언을 거부했던 영화인 열 명과 함께 감옥에 갈 수도 있었을 법한 몇 명의 이름도 알았다. 이들이 포함되었다면 할리우드 텐 (Hollywood Ten)이라 불렸던 증언 거부자들의 명단은 열한 명이나 열두 명으로 늘어났을 것이다. 부모님은 삼촌 부부가 좌파 정당에 가입했다는 소문이 대륙을 가로질러 캘리포니아까지 날아와 자신들에게 해를 끼칠까 봐 걱정했다. 그 일은 실제로 일어났다. 실질적인 불이익은 없었지만. 부모님은 1950년대 초반에, 20세기폭스사의 사장이었던 그리스계 노인 스피로스 스쿠러스의 사무실로 호출을 받았다. 스쿠러스는 어머니 쪽으로 할 삼촌에 대해 적힌 종이 뭉치를 흔들어대며 물었다. "피비, 당신은 공산주의잔가?" 어머니는 자신은 동생 할과 다르며 공산주의자도 아니라는 해명을 했고, 그걸로 깨끗하게 끝냈다. 이 사건은 그저 하나의 일화 정도로만 남았다.

　내가 대학교에 입학했을 때, 할 삼촌과 엘리너 숙모는 더 이상 공산주의 근처에도 얼씬거리지 않았다. 그전에 공산주의와 가까웠는지는 몰라도 당시의 삼촌 부부는 부동산 사업에 뛰어들어 돈을 정말 많이 벌었다. 1961년에 나는 워싱턴에서 대학생 정치 인턴십 과정을 이수하고 있었다. 삼촌 부부는 내게 그 유명한 듀크지버트 식당에서 저녁을 사주었다. 할 삼촌은 정말 다정하고 사랑스러운 사람이었고, 엘리너 숙모는 불같은 성격의 소유자였다. 숙모는 약간 말 같은 기름한 얼굴에 금발 머리를 가졌고, 웃는 것을 좋아했다. 나는 주말마다 폴스처치에 있는 삼촌네 집에 놀러 가곤 했다. 대대적인 택지 조성의 일부로 지은, 아주 근사한 새 집이었다. 할 삼촌 부부는 자녀는 없었지만 집을 여러 채 갖고 있었는데, 집을 사들인 다음 뒤도 안 돌아보고 팔아치우곤 했다. 또 각종 예술 작품과 중국의 골동품, 페르시안 러그를 소유하고 있었다. 루이스라는 이름의 가사 도우미가 할 삼촌네 집을 잘 가꿨다. 그럴 만한 이유가 있어 루이스를 언급했으니, 조금 더 읽어 달라.

　우리 부모님은 친척들과 가까이 지내지 않았다. 나

는 아버지의 형제들이나 사촌들을 만난 적이 없다. 하지만 할 삼촌 부부는 나의 외가 쪽 친척들과 연락하고 지내는 사이였다. 워싱턴에서의 그해 여름, 할 삼촌 부부는 외가 친척들 몇 명을 내게 소개시켜줬다. 촌수를 따지는 방법에 따라 달라지겠지만, 내게 육촌이나 팔촌쯤 되는 친척들이었다. 조 보킨도 그중 한 명이었다. 조는 워싱턴에서 꽤 유명한 변호사로 집안의 조상들에 관해서도 전문가였는데, 내가 외조부모님이 어디서 태어났는지도 전혀 모른 채 자랐다는 사실에 경악했다. 조는 그 장소를 말해주었지만, 가족사에 전혀 관심 없던 어머니에게 충성하는 의미에서 나는 곧장 잊어버렸다. 내가 만났던 또 다른 친척으로 모티 플롯킨이 있다. 현명하게도 방사선과를 선택했기 때문에 환자를 다루는 법 따윈 전혀 신경 쓰지 않는 의사였다. 그의 아내 이름은 테더였다. 나는 그 이름이 무척 마음에 들었다. 테더 플롯킨. 이런 이름을 사랑하지 않을 사람이 있을까. 몇 년 뒤 우리 어머니가 간경변으로 죽어가고 있을 무렵, 테더는 느닷없이 내게 전화를 걸어 이 모든 일이 다 내 잘못이라는 양 소리를 질러댔다. 할 삼촌 부부는 엘리너의 조카인 치과 의사 어윈도 소개시켜줬다. 어윈은 결국 삼촌 부부와 손을 잡고 부동산 사업을

내게는 수많은 실패작들이 있다

시작했다. 어원의 이름을 여기 명시해놓은 것에도 다 이유가 있다.

대학교를 졸업한 뒤 나는 뉴욕으로 옮겨 갔다. 삼촌 부부는 꽤 자주 놀러 와서 점심이나 저녁을 사주곤 했다. 첫 번째 결혼 선물로는 어마어마하게 큰 금박 앤티크 촛대를 안겨주었다. 삼촌 부부가 주장하길 루이 14세 시대 작품이라고 했던 것 같지만 그럴 리는 없다. 첫 남편과 이혼하게 되자, 할 삼촌은 남편이 그 촛대를 들고 나가지 못하도록 지키라고 신신당부했다.

촛대는 뉴욕 이스트 50번 스트리트의 내 아파트에 얌전히 모셔졌고, 두 번째 신혼집까지 따라왔다. 촛대가 브리지햄튼의 차고 안에 우스꽝스럽게 세워져 있던 게 똑똑히 기억난다. 지금은 어디 있을까 궁금하다. 정말 알고 싶다. 나는 이제야 정말 근사했던 그 촛대의 가치를 제대로 감상할 수 있을 만큼 나이 먹었다. 두말할 필요도 없이 촛대는 이혼의 희생물이었다. 이혼하면서 집을 차지하지 못하면(나는 한 번도 차지해본 적이 없다.) 흔히 온갖 물건들을 놔둔 채 그냥 나온다. 나중에 그 물건들의 안부가 궁금해지고 그때 가지고 나왔어야 했다고 아쉬워할 줄은 꿈에도 모른 채. 최악의 경우 진심으로 그 물건들이 그리워진다.

엘리너 숙모는 1974년에 돌아가셨다. 그리고 세월이 흘렀다. 할 삼촌과는 워싱턴이나 뉴욕에서 만나곤 했다. 홀아비가 된 아버지와 할 삼촌은 가끔씩 전화 통화를 하는 사이가 됐다. 아버지는 할 삼촌과 통화한 다음에는 나한테 전화를 걸어 근황을 알려주곤 했다. 그즈음 아버지에게는 깜빡깜빡하는 증세가 나타나기 시작했지만, 전화번호만큼은 절대로 잊어버리지 않았다. 노년의 아버지는 하루에 적어도 백 번씩 전화를 걸곤 했는데, 백 번 모두 내용은 극히 짧았다. 여보세요, 잘 있어, 따위의 인사는 언제나 생략했다. 전화 받는 사람이 "나 바빠." "내 번호 좀 지워줄래." "지금 말할 시간 없는데." 등의 변명을 늘어놓을 틈을 주지 않았다. 언제나 요점으로 바로 들어갔고, 동생 델리아의 책 제목 『전화 끊어(*Hanging up*, 이 작품을 원작으로 하여 제작된 영화의 한국어 제목은 「지금은 통화 중」이다.—옮긴이)』 그대로 곧장 수화기를 내려놓았다.

아버지가 말했다. "회고록을 썼다. 제목은 『나』다."

나는 대꾸했다. "좋네요."

아버지는 전화를 끊었다.

그리고 다시 전화했다.

"캐서린 헵번한테 방금 전화해서 회고록 제목을 말

내게는 수많은 실패작들이 있다

해줬다. 그 제목 좋아하더라."

"굉장해요, 아빠."

아버지는 전화를 끊었다.

아버지가 두 손자 맥스와 제이콥에게 관심을 좀 보여줬으면 하고 바랐지만, 아버지는 손자들의 이름조차 기억하지 못했다. 하루는 제이콥이 전화를 받았는데, 아버지의 첫마디는 "에이브러햄이냐 아니면 다른 애냐?"였다. 당시 일곱 살이던 제이콥에게는 존재를 뒤흔드는 선고일 수도 있었겠지만, 제이콥은 재미있어했다. 어쨌든 슬픈 일이다. 번개가 한 번 내리치고 나면 부모님이 내가 바라는 모습으로, 혹은 옛 모습 그대로 마법처럼 바뀌었으면 하는 바람을 누구나 품고 있을 것이다. 하지만 그런 일은 일어나지 않는다. 그럴 리 없다는 걸 알면서도, 헛된 희망을 버리지 못하는 것 역시 사실이다.

아버지가 전해오는 '할 삼촌 뉴스 속보'의 주제는 사실 할 삼촌이 아니라 삼촌의 어마어마한 재산이었다. 아버지의 말에 따르면, 그 재산은 전적으로 나와 세 여동생에게 분배될 예정이었다.

아버지는 말했다. "할이랑 통화했는데 네 이름이 유언장에 있단다."

아버지는 말했다. "유언장의 네 이름은 그대로야."

아버지는 말했다. "너희 네 명에게 사등분될 거야."

아버지는 말했다. "큰돈이다."

당시 아버지는 내게 최소한의 신빙성만을 안겨주는 존재였기 때문에, 아버지의 말이 진짜라고는 믿지 않았다. 내가 큰 재산을 상속받을 수령인이라니. 게다가 할 삼촌은 아주 건강했다. 그런데 1987년 어느 여름날, 돈 때문에 쓰고 있던 시나리오와 한창 씨름하고 있을 때 전화벨이 울렸다. 워싱턴 DC 병원의 관리자였다. 관리자는 할 삼촌이 폐렴으로 죽어가고 있으며, 가장 가까운 친척인 내가 말기 치료 여부를 결정해야 한다고 알려주었다. 나는 어리벙벙한 채로 전화를 끊었다. 곧장 전화벨이 다시 울렸다. 방사선과 의사의 아내 테더 플롯킨이었다. 살면서 두 번째로 전화를 건 테더는 워싱턴의 삼촌 아파트에 아주아주 귀한 러그와 예술품 들이 잔뜩 쌓여 있기 때문에 가사 도우미 루이스가 전부 챙겨서 도망가지 못하도록 아파트 문을 걸어 잠가야 한다고 충고했다. 나는 루이스가 그런 범행을 저지를 거라고는 상상할 수 없지만 삼촌 부부를 위해 삶의 대부분을 바친 사람이니 원하는 건 무엇이든 들고 갈 자격이 있다고 말해줬다. 전화벨이 또 울렸다.

병원이었다. 삼촌의 사망을 알려왔다.

나는 동생 델리아에게 전화를 걸어 말했다. "상속녀가 될 준비를 해."

델리아도 그렇고 나 역시 삼촌의 재산이 실제로 어느 정도 규모인지 전혀 알지 못했다. 삼촌 부부가 건드리기만 했던 집들과, 맥린과 폴스처치 쪽에 조성했던 대규모 단지들은 돈을 벌어들였다. 그 대규모 단지의 매 구획마다 고소득층 교외 거주자들의 꿈의 집이 세워져 있었다. 정원에는 수영장이 딸려 있고 오락실과 간이 식사 코너 등등이 갖춰진 집 말이다. 게다가 그 유명한 푸에르토리코의 재산도 있었다. 삼촌 부부는 푸에르토리코 어딘가에 거대한 땅을 샀고 치과 의사 출신 친척 어윈과 함께 택지 조성을 계획 중이었다. 할삼촌에게 푸에르토리코 건에 대해 물어볼 때마다 삼촌은 잘 되어가고 있다고 대답했다. 막 푸에르토리코에 다녀왔다, 건축가와 미팅을 가졌다, 설계도가 너무 멋지다, 건축 모델을 보고 왔다, 더 많은 투자자를 찾는 중이다 등등.

삼촌에게는 최소한 300만 달러 이상의 재산이 있는 것 같았다. 그 당시로 치면 어마어마한 돈이었다. 그걸 사등분하면 우리들 각자에게 75만 달러씩 돌아간다. 믿을 수 없는 돈이다. 굉장한 행운이다. 그 돈이면 모든 걸 바꿀 수 있다. 좋아, 뭐 200만 달러밖에 없다고 가정해보자고. 그래도 우리 넷은 50만 달러씩 받게 된다. 어쩌면 삼촌의 재산이 400만 달러일지도 모른다. 그럼 우리는 100만 달러씩! 나는 자꾸만 견적을 내고 사등분한 다음 머릿속으로 그 돈을 쓰기 시작했다. 우리 부부는 최근 이스트햄튼 지역에 집을 구입했는데, 집수리 비용이 생각했던 것보다 훨씬 많이 초과되었다. 조경에 쓸 돈이 남아나질 않았다. 나는 정원으로 나가 집 주변을 걸어 다녔다. 머릿속으로 나무 몇 그루를 심기 시작했다. 삐죽삐죽 보기 싫은 잔디를 걷어내는 걸 상상했고, 이제는 그 비용을 지불할 수 있게 된 대량의 뗏장을 떠올렸다. 흐드러진 수국을 감상하면서 아이들 방으로 경쾌하게 걸어가는 내 모습을 그려보았다. 심장이 두방망이질 치기 시작했다. 일하고 있던 남편을 끌어내어 어떤 나무를 심으면 좋을지에 대해 의논했다. 당연히 말채나무로 결론 내렸다. 거대하고 아름다운 말채나무. 많이 비싸겠지만, 이제 한 그루 정도는 심을 수 있게 됐다.

2층으로 올라가 한창 쓰고 있던 시나리오를 내려다보았다. 앞으로 이걸 쓸 일은 없을 것이다. 어차피 돈

내게는 수많은 실패작들이 있다

때문에 작업했고, 솔직히 인정하자면 영화화될 것 같
지도 않던 시나리오다. 덧붙이자면, 시나리오 쓰는 건
너무 힘들었다. 나는 컴퓨터를 껐다. 침대 위에 걸터
앉아 할 삼촌의 돈을 또 어디에 쓰면 좋을지 이것저것
떠올렸다. 침대 머리판도 새로 사야 한다는 생각이 스
쳐 갔다.

딱 15분 만에, 나는 이미 부유한 상속인의 2단계를
재빨리 통과했다. 환희와 나태.

전화벨이 울렸다.

아버지였다. "할이 죽었다."

내가 대답했다. "알아요."

"재산은 너희 넷에게 남길 거다. 너는 이미 돈을 많
이 벌었으니까 네 이름은 유언장에서 빼도 된다고 할
한테 말해줬다."

나는 소리 질렀다.

"뭐라고요?"

아버지는 전화를 끊었다.

믿을 수가 없다.

창문 밖으로 잔디가 보였다. 뗏장은 포기해야겠다.

델리아에게 전화를 걸었다. "지금 이 사태가 어떻
게 됐는지 좀 들어봐." 나는 방금 있었던 일을 이야기했다.

델리아가 대답했다. "음, 그럼 우리가 그 돈을 다시 나누면 되지. 우리 몫에서 몇 퍼센튼지 하여튼 떼서 언니한테 줄게. 그럼 공평하지."

"25퍼센트야."

"언니는 항상 나보다 수학을 더 잘했던 말이지. 내가 다른 애들한테 전화할게."

델리아는 나머지 두 동생과의 통화를 마치고 나한테 다시 전화했다.

"에이미는 찬성이고 할리는 싫대."

믿을 수가 없었다. 우리 네 자매 중 누구라도 아버지의 유언장에서 제외된다면 나머지 사람들이 공평하게 재산을 떼어주자고 굳은 협정을 맺지 않았던가. 할 삼촌의 재산도 마땅히 거기 포함되었다.

하루도 아직 안 지났는데 우리는 재산 상속 3단계에 접어들었다. 불화.

다음 날 할의 변호사로부터 전화가 걸려왔다. 아버지 말은 틀린 것으로 밝혀졌다. 결국 삼촌은 유언장에서 내 이름을 빼지 않았다. 그는 재산의 절반을 우리네 자매에게 남겼고, 나머지 절반은 가사 도우미 루이스에게 줬다.

내게는 수많은 실패작들이 있다

루이스에겐 정말 잘된 일이다. 그녀는 마땅히 그 돈을 받을 자격이 있다.

나로 말하자면, 8분의 1의 재산을 상속받았다. 4분의 1만큼 큰돈은 아니었지만, 어쨌든 총 재산이 400만 달러 정도 된다면 여전히 꽤 많은 몫이다.

나는 변호사에게 물었다. "재산이 얼마나 되나요?"

"별로 많진 않네요."

"별로 많지 않다는 게 얼마예요?"

"50만 달러 좀 안 됩니다."

할 삼촌의 재산은 50만 달러가 안 되는 걸로 밝혀졌다. 어윈 덕분에 할 삼촌은 푸에르토리코 모험에서 대부분의 돈을 날렸다. 8분의 1로 나눈 그 돈으로 펫장을 살 순 있겠다. 하지만 쓰고 있던 시나리오로부터 도망칠 수 있을 만큼의 돈은 아니었다.

변호사가 말했다. "좋은 소식이 있어요. 6만 8000달러 이하의 재산을 상속받으면 상속세는 안 물어도 됩니다."

나는 델리아와 에이미에게 전화를 걸어 이 소식을 알려주었다. 할리에겐 연락하지 않았다. 앞으로 다시는 동생 할리와 말을 섞지 않을 참이었다.

나는 2층으로 올라가 컴퓨터를 켜고 시나리오 작업

을 다시 시작했다.

그다음 주에 에이미가 전화했다. 할의 변호사가 어쩌면 모네의 그림이 있을지도 모르겠다고 알려줬단다. 벽장 안에서 한 그림이 발견됐는데, 감정인에게 한번 보여줄 거라고 했다. 그때쯤 나는 모든 희망을 접었지만, 에이미가 재산 상속 4단계에 진입하는 것까진 막지 못했다. 벽장 안에 걸작 예술품이 숨겨져 있을지도 몰라.

모네의 그림이 아니었다는 결론을 굳이 여기 쓰지 않아도 될 것 같다.

결국 우리 네 자매는 할 삼촌으로부터 각각 4만 달러 정도를 상속받았다.

그러므로 나는 재산 상속의 다섯 번째 단계, 부자가 될 수 없었다.

완성한 각본이 영화로 만들어졌다. 나는 경험으로부터 교훈을 빠르게 얻는 편인데, 이번에 얻은 교훈이란 실제로 큰돈을 물려받지 않았던 게 결과적으로는 대단한 행운이었다는 사실이다. 안 그랬다면 나는 인생을 바꿔놓은 각본 「해리가 샐리를 만났을 때」를 끝내지 못했을지도 모르니까 말이다.

「해리가 샐리를 만났을 때」는 굉장한 히트작이 되었고 수익을 남겨주었다. 우리는 그 돈으로 말채나무를 한 그루 샀다. 정말 아름다운 나무였다. 6월에 꽃이 만발할 때면 언제나 다정한 할 삼촌을 추억하게 된다.

영화 관람

일전에 영화를 보러 갔다. 우리가 사는 뉴욕에서 영화를 보려면 10.75달러를 내야 한다. 인터넷으로 미리 예매하면 추가요금 1.50달러는 안 내도 된다. 나는 인터넷으로 영화표를 예매하는 걸 무척 좋아한다. 내 생각에 현대인의 삶에 있어 진정한 기적 중 하나는, 극장에 들어가 신용카드를 기계에 갖다 대면 미리 예매했던 바로 그 좌석의 표가 바로 내 앞으로 튀어나오는 순간이다. 이 기적이 일어날 때마다 매번 소리 지르고 싶다. "세상에, 믿을 수가 없어! 정말 멋져! 우와!"

한편으로는, 영화표를 예매하는 과정의 테크놀로지가 더한층 진보한 덕분에 원래의 재미가 몽땅 사라졌다. 이제는 집에서 예매 확인증을 출력하여 극장 기계를 건너뛴 다음 바로 검표원에게 가면 된다. 검표원은 확인증을 스캔한 다음 상영관 입구 바로 앞에서 표를 출력해준다. 그러느라고 내 뒤편으로 줄 서 있는 사람들은 하염없이 기다려야 하고, 영화관에 갈 때마다 당연히 맛보리라 기대했던 그 기적의 순간은 깨끗이 삭제된다.

그런데 지난밤에는 달랐다. 우린 예매 확인증을 검표원에게 보여줄 필요가 없었다. 상영관 입구 앞에 검표원이 없었다. 극장 직원이라곤 찾아볼 수가 없었다. 관객들은 영화표를 아무에게도 보여주지 않은 채 그냥 상영관으로 들어갔다. 우리도 따라 들어갔다. 우리는 두 층을 걸어 내려가 제7상영관 안으로 줄지어 입장했다. 가는 길에 검표원과 마주치지 않을까 생각했지만, 그러지 않았다. 간식 코너에서 뭔가 사고 싶었는데, 아래층 간식 코너는 문을 닫았고 팝콘만 덩그러니 놓여 있었다. 차갑게 식어가는 한 뭉치의 팝콘은 먹음직스러워 보이지 않았다.

이 시점에서 우리가 갔던 곳이 맨해튼 86번 스트리트와 3번 애비뉴 사이에 위치한 로우스오피엄7 극장이라는 걸 밝힐 필요가 있다. 이 극장은 한때 로우스시네플렉스엔터테인먼트 법인 소유였지만, 현재는 AMC(American Multi-Cinema)에 소속되어 있다. 그리고 로우스 법인 시절, 나는 로우스 이사회에 이름을 올려두고 있었다. 그건 꽤 슬픈 경험이었다. 한 사람의 이사로서 내가 소망했던 바는, 극장에서 판매하는 눈 튀어나오게 맛없는 음식들을 어떻게 좀 해보자는 것뿐이었다. 하지만 로우스 극장 관계자 중 누구도 내 의견에 관심 없다는 것을 알게 되었다. 그래서 나는 이사회 모임에 의무적으로 참석해서 회사의 정책을 승인받기 위해 만들어진 일련의 파워포인트 프레젠테이션을 참관했다. 돈이 많이 드는 거대한 시네플렉스를 접근성 좋은 지점에, 그러니까 다른 라이벌 회사가 건설 중인 비싸고 거대한 시네플렉스 바로 맞은편에 세우자는 계획이 대부분이었다.

임기 2년째 되던 해의 어느 날, 나는 로스앤젤레스의 한 호텔에 묵게 되었다. 이사회 모임에는 전화로 참여할 수밖에 없었다. 전화로 회의 내용을 듣는 게 너무 지루해져서, 나는 잠깐 아래층에 내려가 매니큐어 손질을 받고 오자고 생각했다. 딱 20분 뒤에 객실로 돌아왔는데 수화기 너머로 이사회 참석자 전부가 서로를 향해 소리를 꽥꽥 질러대는 게 들렸다. 나는 객실을 비웠다는 걸 들키고 싶지 않아서(사실 아무도 알아채지 못했지만) 잠시 동안 듣기만 했다. 그리고 내가 네일 케어를 받는 동안 회사가 파산했다는 사실을 깨달았다.

나에게도, 다른 이사회 구성원 모두에게도 엄청난 충격이었다. 예전에는 왜 이사회 모임에서 이런 소식이 한 번도 언급되지 않았는지 이해할 수 없었다. 물론 여러 가지 이유가 있겠지만 그 사실 때문에라도 이사회의 모두가 서로를 향해 꽥꽥거리고 있었다. 이사 중 일부는 회사 차원에서 로우스 법인의 지분을 소유하고 있었으니, 회사의 파산 때문에 몇억 달러가 날아가게 된 셈이다. 심지어 아무도 그 위험에 대해 정중하게 경고조차 해주지 않았다. 파산 위험은 안건에 오르지도 않았다!

몇 달 후 캐나다의 한 사업가가 로우스 극장을 헐값에 사들여서 AMC에 되팔았다. 내가 아는 한 AMC 역시 극장 간식 코너에서 파는 음식이라든가 기타 다른 사항들을 개선하려는 노력을 전혀 기울이지 않았다. 영화 보러 가는 게 정말 로맨틱한 경험이었던 시절이 있었다. 발코니와 박스석, 금박으로 장식된 벽과 웅장한 붉은 색 벨벳 커튼이 마련된 거대한 상영관에 앉아 있던 그런 시절 말이다.

내게는 수많은 실패작들이 있다

이제 우리는 아무 장식 없는 끔찍한 회색 직사각형 공간에 들어앉아, 바로 옆에 있는 회색 직사각형 공간에서 흘러나오는 소음까지 들어야 한다. 슬픈 일이다.

어쨌든 지난밤 일로 돌아가자. 우리는 셔터가 내려진 간식 코너를 지나 상영관 안으로 들어가 자리에 앉았다. 광고가 이미 시작되어서 자기 자신한테 반한 것 같은 다이어트 콜라 광고가 나오고 있었다. 심지어는 관객들에게 이 광고의 제작 과정을 볼 수 있는 특별 웹사이트에 들어가보라고까지 권했다. 이어서 영화표 예매를 권장하는 광고가 나왔다. 그러다 갑자기 소리가 꺼지고 스크린은 캄캄해졌다. 몇 분이 흘렀다. 상영관의 4분의 3 정도가 차 있었지만 아무도 자리에서 일어나지 않았다. 좀 이상하고 뭐라 설명할 수는 없지만, 나는 일종의 책임감을 느꼈다. 자리에서 일어나 두 층을 걸어 올라갔다. 검표원은 실체가 있는 인간의 모습으로 나타나 표를 받는 중이었다. 나는 그녀에게 제 7상영관의 시스템에 오류가 생겼다고 말했다. 그녀는 나를 멀뚱멀뚱 쳐다보았다. 나는 다른 누군가에게 시스템 오류에 대해 알려줄 수 있는지 물었다. 그녀는 그러겠노라 답한 다음 계속 표를 받았다. 몇 분이 흐른 뒤, 관객들 전부가 검표대를 통과했고 그녀는 "영사실,

제7상영관에 무슨 문제 있나요?"라고 고함쳤다. 나는 다시 아래층으로 내려갔다.

시스템은 다시 돌아가기 시작했다. 예고편이 나왔다. 하지만 스크린 하단부를 가로지르는 큼지막한 흰색 띠가 등장했고, 스크린에 영사되는 배우들의 눈동자 중앙부 모두가 뻥 뚫려 있었다.

나는 다시금 상영관을 나와 위층으로 올라갔다. 검표원이 여전히 똑같은 자리에서 영화표를 받고 있었다. 영사기사에게 프레임을 스크린에 잘 맞춰달라고 요청할 수 있는지 물어보았다. 또 한 번, 그녀는 나를 멀뚱멀뚱 바라보았고 나는 질문을 되풀이했다. 그녀는 그러겠노라 약속했다. 나는 검표원이 보이지 않는 영사기사 쪽으로 발걸음을 옮길 때까지 서서 기다렸다. 내 좌석으로 돌아왔을 때 영화 프레임은 스크린 크기에 맞게 조절되어 있었다. 완벽하진 않았지만, 그때쯤 나는 두 번의 영웅적인 행동 때문에 너무 지쳐서 다시 한번 지적을 하러 갈 수 없는 상태였다.

영화가 시작됐다. 소리와 화면의 싱크가 맞지 않았지만, 뭐 어쨌든 좋은 영화니까. 싱크는 아주 **미세하게** 어긋났을 뿐이다. 게다가 편집이 매우 잘게 쪼개져 있고 액션도 풍성한 영화였기 때문에, 싱크의 미세한 어굿남 정도는 견딜 수 있었다. 그러다가 영화의 마지막 20분을 남겨놓고 입이 딱 벌어질 정도로, 누가 봐도 인지할 수 있을 만큼, 너무나 뚜렷하게 싱크가 어긋나기 시작했다. 하지만 영화는 거의 끝나가고 있었다. 자리를 비우면 중요한 장면을 놓칠 수도 있었다.

상영관을 나온 다음 극장 매니저와 얘기하고 싶다고 요청했다. 매니저는 출산 휴가 중이었다. 그럼 부매니저를 불러달라고 했다. 지금 시간까지 극장에 남아 근무 중인 부매니저는 아무도 없었다. 할 수 없이 나는 이미 내 친구처럼 느껴지는 검표원을 붙들고 얘기할 수밖에 없었다. 짐작할 수 있겠지만 그녀는 내 얼굴을 또 마주한다는 사실에 전율하는 듯했다. 나는 막 보고 나온 영화의 마지막 릴에서 화면과 소리가 완전히 따로 놀았으며, 다음 상영 전까지 그것을 수정하는 게 좋겠다고 말해주었다. 검표원은 그러겠노라고 약속했다.

사람들이 지치지도 않고
매번 놀란다는 게 더 충격적인 사실
25가지

1. 언론인은 때때로 기사를 날조한다.

2. 언론인은 때때로 기사를 잘못 쓴다.

3. 회고록으로 출간되는 거의 모든 책들은 애초에 소설로 쓰였다. 하지만 에이전트 혹은 에디터가 회고록으로 포장하는 게 낫겠다고 설득한 것이다.

4. 때때로 아름답고 젊은 여성이 못생기고 늙은 부자와 결혼한다.

5. 일에서는, 원래의 좋은 의미로서의 시너지 같은 건 존재하지 않는다.

6. 언론의 자유는 언론사주의 마음에 달려 있다.

7. 요즘 신문의 스포츠난은 전날 신문을 안 읽은 독자는

대체 무슨 얘긴지 이해할 수 없도록 작성된다.

8. 주식시장에 대해 제대로 설명할 도리가 없는데도
사람들은 늘 설명을 시도한다.

9. 민주당 정치인들은 매우 실망스러운 존재다.

10. 영화는 뭐가 됐든 간에 정치적인 영향력을 발휘하지
못한다.

11. 남자들은 배신하는 존재다.

12. 수많은 이들이 성경을 문자 그대로 받아들인다.

13. 포르노그래피는 인민의 아편이다.

14. 자신의 결혼을 포함해, 결혼에 대한 진실을 알 도리는
없다.

15. 사람들은 정말로 혼전 합의서를 작성한다.

16. 공화당 정치 참모 메리 매털린과 민주당 정치 참모
제임스 카빌은 부부 사이다.

17. 무슬림은 미국인을 증오한다.

18. 누구나 거짓말을 한다.

19. 민주당이 대통령 선거에 목매는 이유는 연방 대법원
때문이다.

20. 막말로 유명한 방송인 하워드 스턴은 사석에서는 아주
괜찮은 사람이다.

21. 맨해튼에서 공사가 필요한, 싱글 침대가 딸린 작은

아파트를 구하는 데 100만 달러가 든다.

22. 사람들은 그들이 키우는 개와 닮았다.

23. 배우 캐리 그랜트는 유대인이다.

24. 배우 캐리 그랜트는 유대인이 아니다.

25. 방송인 래리 킹은 책을 읽은 적이 없다.

나는 말하고 싶다
달걀흰자 오믈렛

다이어트 신간이 출간되었다. 그 책은 내가 지금껏 잘 알고 있었던 바를 확인해준다. 단백질은 몸에 좋다. 탄수화물은 권장되지 않는다. 지방의 위험은 지나치게 과장되었다. 이제는 말할 수 있다. 우리 어머니가 누누이 얘기한 바에 따르면, 버터는 아무리 많이 먹어도 상관없다.

예를 들어 집에서 스테이크를 요리할 때를 생각해보자. 먼저 스테이크 위에 요오드가 첨가되지 않은 거친 소금을 잔뜩 뿌린다. 그리고 아주 뜨겁게 달군 프라이팬에서 스테이크를 굽는다. 그다음 스테이크 위에 버터 덩어리를 잔뜩 올려놓는다. 이게 다다. 잠깐, 무발효 버터가 아니라 가염 버터다.

　다이어트 신간에는 이런 내용도 있다. 음식물을 통해 섭취하는 콜레스테롤은 내 콜레스테롤 수치와는 아무런 관련이 없다. 이건 내가 확언할 수 있는 또 하나의 사실이다. 임종의 자리에 누운 채, 살아 있을 때 다진 간 요리를 좀 더 먹었으면 좋았을 거라며 후회하는 나를 보는 일은 없을 것이다. 좀 더 설명해보겠다. 누구라도 (바닷가재, 아보카도, 달걀 같은) 음식물을 통해 다량의 콜레스테롤을 섭취하게 된다. 그리고 그 음식들은 콜레스테롤 수치와 **아무런 관련이 없다. 절대 없다. 모든 면에서 그렇다. 지금 이 말을 이해하셨는지?** 굵은 글씨로 강조까지 해야 하는 게 유감스럽다. 사람들은 대체 왜들 그러는 걸까?

　내가 수선을 피우는 이유는 바로 이것 때문이다. 달걀흰자 오믈렛. 달걀흰자 오믈렛을 먹는 친구들이 몇몇 있다. 친구들이 달걀흰자 오믈렛을 먹는 걸 봐야 할 때마다 나는 진심으로 안타깝다. 일단 달걀흰자 오믈렛은 맛이 없다. 게다가 달걀흰자 오믈렛을 먹는 이들은 대단히 고결한 행동을 하고 있다고 자부하는 경향이 있다. 사실은 잘못된 정보에 휘둘리고 있는 것뿐인데. 가끔은 지금 하는 그 행동이 말도 안 된다고 설명해보지만, 그들은 언제나 주치의로부터 음식물 속 콜레스테롤 섭취를 피하라는 충고를 들었기 때문에 내 말에는 전혀 귀 기울이지 않는다.《뉴욕 타임스》에 따르면 의사들은 환자들에게 고의로 잘못된 정보를 제공하진 않는다. 사람들은 다만 계단식 정보 전달이라 불리는 행태의 희생자들이다. 하도 여러 번 반복되다 보니 실제로는 진실이 아닌데도 진실인 것처럼 여겨지는 행태 말이다. (그럴 바에는 차라리 계단식 틀린 정보 전달이라 불러야 하지 않을까?) 어쨌든 이 같은 잘못된 정보의 진짜 희생자는 의사들이 아니라 달걀흰자 오믈렛이 건강에 좋다는 정보에 세뇌당해온 사람들이다.

이제 내가 수년 동안 가슴속에 담아두기만 했던 바를 공표할 차례다. 달걀흰자 오믈렛을 중단할 때가 왔다. 달걀흰자 오믈렛을 아프가니스탄 전쟁 같은 진짜 중요한 사항과 혼동시키려는 게 아니다. 물론 아프가니스탄 전쟁도 중단해야만 한다. 하지만 내가 그 전쟁에 대해 할 수 있는 일이 없는 듯 보인다. 그 대신 달걀흰자 오믈렛의 소비량을 줄이는 데에는 뭔가 시도해볼 수 있겠다. 특히 내 글보다 먼저 인쇄된 이 다이어트 신간의 도움을 받으면서 말이다.

달걀노른자 없이 오믈렛을 만들면 안 된다. 노른자

를 흰자보다 더 많이 넣어야 한다. 정말 맛있는 오믈렛을 만들기 위해서는 온전한 달걀 두 개에 노른자를 하나 더 추가해야 한다. 스크램블드에그도 마찬가지이다. 나의 달걀 샐러드 레시피도 이 자리에서 공개한다. 달걀 18개를 끓는 물에 익힌 뒤 껍질을 깐다. 그중 6개의 달걀에서 흰자를 분리한 다음, 달걀흰자는 어쨌든 중요하다는 믿음을 고수하고 있는 캘리포니아의 친구들에게 보내준다. 이제 남은 12개의 온전한 달걀과 6개의 노른자를 칼로 거칠게 다진다. 그리고 헬먼 마요네즈와 소금과 후추를 첨가해 맛을 낸다.

내게는 수많은 실패작들이 있다

나는 말하고 싶다
테플론 제품

테플론 때문에 마음이 불편하다.

테플론 제품을 쓰는 동안에는 너무나 좋았다.

이제 테플론 제품은 건강에 좋지 않다는 사실이 드러났다.

좀 더 정확하게 표현하자면, 테플론 제품을 가열할 때 배출되는 화학물질이 혈관 속으로 흡수되어 암과 선천성 결함을 유발할 가능성이 있다는 게 밝혀졌다.

나는 테플론으로 코팅 처리된 냄비나 팬을 무척 아꼈다. 작년에 탄수화물이 첨가되지 않은 리코타 치즈 팬케이크도 새로 개발했는데, 이걸 만들려면 음식이 눌어붙지 않는 테플론 제품이 필수였다. 실버스톤사

에서 만든, 나의 사랑하는 테플론 코팅 프라이팬으로
는 근사한 스테이크도 구울 수 있었다. 테플론은 형용
사로도 유용한 단어다. 가령 로널드 레이건은 '테플론
대통령(어떤 흠결도 그의 인기에 해를 끼치지 못한다는 뜻—옮긴
이)'이라 불렸고 마피아 존 고티는 '테플론 돈(무수한 범
죄 혐의로 재판에 회부되었으나 단 한 번도 유죄 판결을 받지 않았
다는 의미. 그러나 1992년 부하의 배신으로 종신형을 선고받았다.—
옮긴이)'이라는 별명을 얻었다. (하지만 그의 '테플론적 삶'은
마침내 다 닳아 사라졌고 어떤 의미에서는 나의 테플론 팬과 거의
정확하게 일치하는 은유적 쌍둥이가 되어버렸다.) 로이 J. 플런
킷이라는 이름의 남성이 테플론을 개발했다는 사실도
재미있다. 플런킷이란 이름은 테플론이 위험 물질이
되어가는 와중에도 그 안전성을 보장하는 유일한 보험
이었던 것 같다.

　　1938년 실험실 사고로 우연히 세상 밖으로 튀어나
온 폴리테트라플루오로에틸렌(PTFE)은 듀퐁사에서 테
플론이라는 상표명을 얻었고 각종 조리 기구에 사용되
었다. 테플론 제품을 제조해온 듀퐁사는 최근 미국환
경보호국과 1650만 달러의 벌금 지불에 합의했다. 아
마 듀퐁사는 테플론이 건강에 유해한다는 사실을 쭉
알고 있었던 모양이다. 참으로 미국적이고도 진부한

이야기다. 어떤 공개 상장 회사가 과학적 발전으로 얻은 특허권을 보유하고 있었는데, 알고 보니 그게 의학적 문제를 일으키는 물질이었다. 회사는 이 사실을 원래부터 알고 있었다는 게 정말 확실하다.

하지만 테플론을 생각하면 역시 슬프다.

테플론 제품이 처음 시장에 깔렸을 때만 해도 그렇게 좋지만은 않았다. 팬 종류는 가볍고 빈약해서 구리나 무쇠 제품에 비교할 수도 없었다. 그래도 오믈렛을 만들기에는 괜찮았다. 조리 과정에서 음식물이 팬에 달라붙지 않으니까. 하지만 스테이크처럼 굽는 음식을 만들기에는 최악으로 부적절했다. 실버스톤 등의 회사들이 튼튼한 테플론 팬을 생산하고 나서부터, 우리는 바비큐 틀에 구운 것처럼 거무스름하게 잘 구워진, 맛있는 스테이크를 내놓을 수 있게 됐다. 그러나 유감스럽게도 스테이크를 올려놓기 전, 팬을 뜨겁게 예열하는 과정에서 퍼플루오로옥탄산염(PFOA)이 공기 중으로 배출된다. PFOA는 아주 나쁜 녀석이다. 듀퐁사는 2015년까지 모든 테플론 제품에서 이것을 없애겠다고 약속했다. 아마 마흔 살 이하의 사람들에게는 위안이 되는 소식일지도 모르겠다. 하지만 나 같은 사람에게는 지구에서 사는 마지막 노년 시절의 일부분이, 프라이팬에서 음식물 찌꺼기를 긁어내는 데 소비될 거라는 예언으로 들린다.

테플론에 관한 소문은 꽤 오래 돌았다. 나는 알루미늄의 경우처럼 이것 역시 악성 소문이길 바라마지 않았다. 사람들은 (1990년대에, 꽤 오랫동안) 알루미늄이 알츠하이머병을 유발한다고 수군거렸었다. 이건 정말 곤란했다. 알루미늄 냄비와 팬은 포기해도 상관없지만 알루미늄 포일과 일회용 알루미늄 구이 팬, 무엇보다 가장 중요한 땀 억제제까지 내버려야 한다는 의미였다. 나는 무시하는 쪽을 택했고, 이 소문이 결국 사그라졌다는 뉴스에 기분이 좋았다.

하지만 테플론에 관한 소문은 분명 진짜이기 때문에, 나는 테플론 냄비들을 죄다 내다 버려야겠다고 생각했다.

아침 식사용으로 만든 마지막 리코타 치즈 팬케이크를 먹어야겠다.

달걀 한 개를 깨트리고, 지방분을 제거하지 않은 우유로 만든 신선한 리코타 치즈 3분의 1컵을 곁들여 거품을 낸다. 발암성 기체가 공기 중으로 배출될 때까지 테플론 팬을 예열한다. 큰 숟가락으로 반죽을 듬뿍 떠내어 프라이팬에 올려두고 한쪽 편이 갈색으로 구워

내게는 수많은 실패작들이 있다

질 때까지 3분 정도 기다린다. 조심스럽게 뒤집는다. 반대쪽도 갈색으로 구워질 때까지 또 기다린다. 탄수화물에 신경 쓰지 않는다면 잼을 발라 먹고, 아니면 그 상태 그대로 먹어도 된다. 식탁을 차린다.

나는 말하고 싶다
펠레그리노는 됐어요

우리는 펠레그리노 생수 한 병을 마시고 싶다. 웨이터가 펠레그리노를 가져왔다. 우리 일행은 총 네 명이다. 웨이터는 펠레그리노를 따를 잔도 가져왔다. 그 잔은 놀랄 만큼 길다. 긴 잔은 펠레그리노를 마시기에 최적의 선택은 아니지만, 내가 이 심오한 주제에 대해 한마디도 채 꺼내기 전에 웨이터는 펠레그리노 생수를 따른다.

다 따르고 나자, 병에는 아주 소량의 생수만 남아 있다. 남편이 자기 앞의 잔을 들어 펠레그리노를 홀짝인다. 그러자 웨이터가 쏜살같이 나타나 남아 있던 펠레그리노 몇 방울을 남편의 잔에 톡톡 털어 채워준다.

병에 들어 있던 펠레그리노 생수는 그렇게 사라졌다. 정확히 3분이 흘렀고, 우리는 각자의 잔을 비우고 있던 참이었다.

웨이터가 물었다.

"펠레그리노 한 병 더 하시겠습니까?"

지금 이 잔도 다 못 마셨다고요!

이 말을 입 밖으로 내진 않았다.

나는 소금을 좋아한다. 아주 사랑한다. 때때로 식당에서 (내 기준상) 소금을 더 칠 필요가 없는 음식을 먹는 일이 있긴 하지만 극히 드물다.

오래전에는 식당 테이블에 소금과 후추가 놓여 있었다. 다시 제대로 말해보자. 소금통과 후추통이 있었다. 막 갈아낸 흑후추가 후추통 안에 담겨 있었다. 하지만 1960년대에는 미리 갈아놓은 흑후추를 금지했기 때문에 '퍼머넌트 플로팅 페퍼 밀(말하자면 처음부터 갈려 나온 제품)'이 그 자리를 차지했고 종업원들은 매번 질문을 되풀이했다. "샐러드에 지금 막 갈아놓은 신선한 흑후추를 뿌리시겠어요?" 거의 모든 사람들이 막 갈아놓은 신선한 흑후추를 마다했다. 그런 요청을 하는 것조차 귀찮아하다니, 나로서는 이해할 수 없다.

하지만 나의 주제는 후추가 아니라 소금이다. 앞서 말했다시피 식당 테이블에는 언제나 소금통이 놓여 있었다. 지금은 대개 소금이 없다. 주방장은 이 요리가 이미 잘 조미되어 있기 때문에 소금이 더 이상 필요하지 않다는 점을 웅변하기 위해 소금통을 없앴는지도 모른다. 진심으로 유감스럽다. 소금 좀 달라는 요청이 마치 주방장을 향해 노골적으로 불만을 표하는 듯되어버리는 상황에 화가 난다. 실제로는 그 반대인데도 말이다. 또 테이블 위에 소금통이 준비되어 **있더라도** 내가 생각하는 그 소금이 아닐 때가 많다. 그건 흔히 말하는 천일염이다. (천일염은 코셔 소금이라고도 불렸는데, 그런 고급스러운 이름은 더 이상 어울리지 않는다고 본다.) 천일염은 조그만 종지에 담겨 있어서 그걸 음식에 뿌리려고 가져오다가는 항상 쏟게 된다. 그나마 이건 약과다. 더 중요한 건 사실상 소금 구실을 제대로 못한다는 것이다. 짠맛을 내기는커녕 음식에 제대로 녹아들지를 못한다. 마치 단단한 자갈마냥 음식 위에 흩뿌려져 있을 뿐이다. 그걸 먹으면 혓바닥이 까끌까끌해진다.

"음식이 입에 맞으세요?"

테이블에 메인 코스를 내온 다음, 웨이터가 말을

걸었다. 나는 요리를 정확히 딱 한입 맛보았을 뿐이다. 이 정도면 메인 코스는 언제나처럼 형편없다는 걸 분명하게 인지하기에 충분하다. 이 한 숟가락의 깨달음이 어떤 은유로 작용할 수 있을지, 만일 그렇다면 더 심사숙고해볼 가치가 있을지에 대해 막 생각하던 중이었다. 그런데 웨이터가 불쑥 튀어나와 한 손엔 후추통을, 다른 손엔 펠레그리노를 든 채 음식이 맘에 드느냐는 질문으로, 내 머릿속에서 굉장히 멋진 이야기가 시작되려는 그 찰나를 방해했다.

대답은 '아니요.'다. 정말 아니다.

사실 대답은 이거다. 안 맞아! 당신은 내 결정적인 구절을 망쳐버렸어! 가버려!

이 말도 입 밖으로 내진 않았다.

* * *

디저트를 주문했다. 우리 앞에 디저트 스푼이 놓인다. 큼지막한 타원형 스푼이다. 아주 커서 스푼 안에서 헤엄도 칠 수 있을 것 같다. 사사건건 프랑스를 비난하는 사람들처럼 되고 싶진 않다. 특히나 이라크에 대한 프랑스의 입장이 정말 매우 옳았다는 게 분명해진 지

내게는 수많은 실패작들이 있다

금은 더욱 그렇다. 하지만 디저트 스푼이라면 사족을 못 쓰는 경향이 프랑스에서 시작되었다는 데에는 의문의 여지가 없다.

내 생각에 미국의 뛰어난 장점 중 하나는 디저트 스푼의 덫에 걸려들지 않았다는 점이다. 전엔 디저트를 먹는 데 티스푼이면 충분했다. 하지만 그런 시절은 가버렸다. 한탄을 금할 수 없다.

디저트에 관해서라면, 마지막 한입까지 즐기고 싶다. 충분히 그 맛을 음미하고 싶다. 디저트는 정말 맛있다. 아주 달콤하다. 이걸 맛보기까지 시간이 그토록 오래 걸렸다는 게 원망스럽다. 그토록 괴로웠기에 디저트는 가능한 한 천천히 먹고 싶다. 하지만 디저트용으로 큼지막한 스푼이 나와버리면 그럴 수가 없다. 두 번 정도 푹푹 떠먹으면 다 먹어치우게 된다. 디저트는 사라지고, 식사 시간도 끝나버린다.

왜 식당에서 이걸 생각 못 하는 걸까? 이유는 명백하다.

아주 명백하다.

나는 말하고 싶다
세계는 평평하지 않다

지난 주, 내게 가끔 초대장을 보내는 인터넷 컨퍼런스 중 한 군데에 참석했다. 물론《뉴욕 타임스》칼럼니스트 토머스 프리드먼도 왔다. 정확하게 말하자면 그가 직접 오진 않았다. 프리드먼이 직접 올 정도로 중요한 컨퍼런스는 아니었다. 대신 그는 영상을 보내왔다. 자신의 베스트셀러 『세계는 평평하다』의 전체를 아우르는 주제를 압축하여 딱 20분 정도에 우겨 넣은 영상이었다. 우연찮게도 나는 이틀 전 라스베이거스에서 프리드먼의 바로 맞은편에 서 있었다. 그는 주사위두 개를 굴리는, 확률 게임의 일종인 크랩스 게임을 하고 있었다. 주사위 숫자 5가 나와야 하는 상황에서 나는 소리쳤다. "그거예요, 톰. 이라크에서 지은 죄를 보상할 수 있는 기회가 왔어요." 하지만 프리드먼의 주사위는 7을 내보였고 그는 게임에서 물러나야 했다.

이튿날 컨퍼런스 주최 측은 그의 영상을 틀었다. "세계는 평평하다."라고 웅변하는 큼직한 배너가 스크린을 잠식했고, 인터넷 업계의 똑똑한 젊은이들이 세계화와, 세계의 장벽을 무너뜨리고 평평하게 만드는 테크놀로지에 대해 웅변하는 프리드먼을 뚫어져라 쳐다보았다. 그들은 프리드먼에게 홀딱 빠진 듯했고 화면을 보는 내내 자신들의 블랙베리 폰을 꺼둔 채 온전히 집중하려 애쓰고 있었다. 프리드먼이 사라진 다음 그들 모두 즉시 블랙베리 폰의 전원을 켰고, 거대한 컨퍼런스 룸은 갑자기 수백 개의 조그만 화면 불빛과 수천 개의 손가락이 타닥거리며 자판을 치는 소음으로 가득 찼다.

물론 프리드먼은 그저 세계에서 가장 영향력 있는 신문의 칼럼니스트에 불과한 존재가 아니다. 그는 그 이상의 존재다. 그는 패널로 초청받는 사람이다. 오늘날 패널리스트로 불리는 집단은 대부분이 남성들인데, 생계는 여러 가지 방식으로 꾸리지만 주요한 경력은 이런 컨퍼런스에 모습을 드러내는 일로 쌓는다. 그중 일부는 선수들이지만 나머지는 저널리스트에 가깝다. 하지만 잠깐, 패널들은 스스로 평준화한다. 이 패널리스트들은 보통 사람들이 섞여 있는 관중들 앞에서도 공연하지만, 진짜 공연은 뉴욕에서 열리는 포스퀘어 컨퍼런스라든가 금융가 허버트 앨런이 선밸리에서 여는 CEO 여름 축제 같은, 비슷한 사람들이 모이는 데서 펼친다. 패널리스트들이 하는 일은, 딱 그 무렵에 대충 적용할 수 있는 통념들을 전망과 뒤섞은 다음 자기 말이 옳다고 스스로 정당화하는 것이다.

사실 이런 컨퍼런스는 모든 면에서 스스로를 정당화하는 경향이 있다. 최근에 참석했던 두 번의 컨퍼런스에서 비슷한 일을 겪은 건 별로 놀랍지도 않다. 무대 위로 월마트 대변인단이 올라왔다. 그들은 회사가 직원들을 다루는 방식 같은 골치 아픈 일 때문에 생기는 홍보의 어려움 등의 문제에 관한 질문은 한 번도 받지 않았다. (두 번의 컨퍼런스에서 월마트 대변인들은 중역들이 출장 갈 때도 2등급 좌석을 끊어야 하고 1인실이 아니라 2인실에서 자야 한다고 규정한 회사 정책에 대해 화기애애한 질문을 받았다. 그들은 두 번 모두 화기애애하게 대답했고, 두 번 모두 관중들은 화기애애하게 쿡쿡 웃으며 화답했다.)

어쨌거나 이런 컨퍼런스에 참석할 때마다 가장 흥

미로운 건 인터넷에 대해, 논쟁의 여지가 전혀 없을 만큼 뻔한 통념들이 있다는 점이다. 이 통념들은 조만간 틀렸다는 판정을 받게 될 것이다. 인터넷에 대해 틀리는 것도 쉽지는 않다. 인터넷이야말로 전 세계의 거의 모든 것을 아우르는 것으로 드러났기 때문이다. 누군가 인터넷에 대해 한마디라도 덧붙인다면, 어찌 되었든 그중 일부라도 맞는 말이 될 것이다. 그럼에도 불구하고 이 통념들은 틀렸다는 게 밝혀졌다.

예를 들어보자. 내가 이런 컨퍼런스에 참석하기 시작했을 무렵에는 인터넷이 모두를 자유롭게 해방한다는 게 당연한 사실처럼 여겨졌다. 그 무렵이라 하면, 인터넷이 곧 이메일과 동급이던 시절이다. 수많은 중역들과 패널리스트들은 한 번의 전화 통화보다는 스무 통의 이메일이 훨씬 간단하다는 입장을 견지했다. 하지만 오늘날은 어떤가. 중역들은 매일 수백 통의 이메일을 처리해야 하고, 삶은 단순함과 거리가 멀어졌다. 밤이고 낮이고 이메일에 응답해야 한다. 이메일로부터 퇴근하여 집에 돌아가는 건 있을 수 없는 일이다. 더 최악인 건 어떤 일에든 몰두할 수 없다는 사실이다. 몰두하는 순간 블랙베리 폰이 반짝거리며 메시지가 왔음을 알릴 테니까.

내게는 수많은 실패작들이 있다

그리고 닷컴 붐이 시작되었다. 새로운 종류의 통념이 출현했다. 닷컴이 우리를 부자로 만들어줄 것이다. 맞는 말이다. 닷컴 기업은 떼돈을 벌어들였다. 그러고 나서 갑자기 닷컴 열풍은 산산조각 났다. 그러니까 전적으로 맞는 말은 아니었던 셈이다.

통념의 새로운 변형이 등장했다. 인터넷 자체에는 돈이 없다. 이건 좀 혼란스러웠다. 자본주의 역사상 정말 경이롭고, 일찍이 들어본 적도 없으며, 완벽하게 신비로운 일화가 막 등장하는 듯 보였다. 거대 기업이 등장했지만, 인터넷에서 수익을 거두진 못했다. 패널리스트계의 제왕이자 만인을 내려다볼 수 있는 패널리스트, 미국에서 두 번째로 돈이 많은 사람이자 첫 번째로 돈이 많은 사람과는 온라인으로 브리지 게임을 즐긴다는 '오마하의 현인' 워런 버핏은 이 시기에 연설을 했다. 그는 자신을 닮고 싶어 하는 추종자들에게, 1904년과 1908년 사이 자동차 업계에 있는 회사는 총 240개였지만 1924년이 되자 이 중 10개의 회사가 소득 총액의 90퍼센트를 점유하고 있었다고 상기했다. 이 말은 마치 예수의 산상수훈에라도 등장하는 것처럼 인용되었는데, 정작 아무도 이게 정확히 무슨 뜻인지 확신하지 못했다. 우리가 전부 업계에서 사라진다는 건가,

아니면 거의 사라진다는 건가? 물론 자기 집 차고에서 사업을 시작했던 누구는 부자가 되었다. 그들은 이미 돈을 벌었다. 테크놀로지와 소프트웨어를 새롭게 창조한 이들도 돈을 벌 수 있을 것이다. 하지만 그다음에 진입하는 이들에게는 비운이 기다리고 있다.

이런 점에 대해서 패널리스트들에게 질문하면, 많은 이들이 암담한 미래에 대해 깊이 고민하고 또 흥미를 보인다. (그리고 난처해한다.) 그러나 한 가지만은 분명하다. 인터넷은 돈이 안 된다. 광고도 답이 될 수 없다. 인터넷 유저들은 광고를 받아들이지 않기 때문에 광고 효과가 없을 것이다. 인터넷은 공짜이고, 민주적이며, 순수하다. 광고는 여기서 날개를 달 수 없다. 게다가 요즘처럼 개인별로 원하는 시간에 콘텐츠를 녹화하고 틀어볼 수 있는 티보(TiVo) 시대에는, 광고를 참을 수 없는 인터넷 사용자들이 광고를 죄다 막아버리고 있는 형편이다.

지난 주 내가 참석했던 그 인터넷 관련 컨퍼런스에서 또 다른 형태의 통념이 들려왔다는 것에 딱히 놀랄 필요는 없다. 인터넷에서 광고를 통해 몇십억 달러를 벌 수 있단다. 인터넷 광고로 돈을 버는 것은 아주 쉽다. 콘텐츠를 제공하기만 하면, 광고들이 그 옆에서 알아서 돌아간단다. 그걸 보면서 문득 인터넷 회사에는 '콘텐츠'라는 단어의 실제 의미가 '그 옆에서 광고를 굴릴 수 있는 무언가'라는 생각이 머리를 스쳐 갔다. 이런 게 참 기운 빠지는 통찰이라는 건 나도 안다. 인터넷에 관한 모든 통념이 틀렸다는 게 입증될 것이라는 나의 확신이 이 주제에 관련한 비관적인 진창으로부터 어떻게든 나를 구출해주고 있다 하더라도 말이다.

그나저나 세계는 평평하지 않다. 어디에나 벽이 세워져 있다. 벽이 없었다면, 미국은 이라크를 침공하지 않았을 것이다. 이라크에선 모두가 실패했다. 톰 프리드먼뿐만이 아니다.

나는 말하고 싶다
치킨 수프

일전에 나는 감기 기운을 느꼈다. 그래서 예방 차원에서 치킨 수프를 먹기로 했다. 하지만 결국 감기에 걸리고 말았다. 언제나 되풀이되는 일이다. 감기에 걸릴 것 같다, 치킨 수프를 먹는다, 감기에 걸린다. 그렇다면 치킨 수프 때문에 감기에 걸린다고 할 수도 있지 않을까?

펜티멘토[*]

릴리언 헬먼의 회고록 『펜티멘토(*Pentimento*)』가 1973
년에 출간되기 직전에 그녀를 처음 만났다. 당시 나는
《에스콰이어》에디터였는데 이 잡지에 회고록의 두 챕
터가 먼저 실렸다. 그중 하나가 「거북이」였다. 릴리언
헬먼과 그녀의 연인이었던 하드보일드 작가 대실 해밋
에 관한 이야기였다. 나는 그 전에 헬먼의 연극을 본
적이 없었고, 해밋의 범죄 소설을 읽는 것도 버거워했
다. 하지만 《에스콰이어》가 서점에 깔리기 전 교정쇄
로 「거북이」를 읽고 나서 지금까지 활자화된 작품 중

---

* 제작 도중 고쳐 그리거나 변경한 자취가 어렴풋하게 남은 흔적을 뜻하는 미술 용어.

가장 로맨틱한 글이라고 생각했다. 이 이야기는 헬먼과 해밋이 숨통을 끊어놓았던, 끔찍한 거북이에 관한 글이었다. 그들은 거북이 머리를 잘라낸 다음 수프로 끓여 먹으려고 주방에 갖다 두었다. 거북이는 어찌어찌하여 부활했고, 문 바깥으로 기어나가 숲에서 죽었다. 이 때문에 해밋과 헬먼 사이에서는 이 거북이가 예수의 양서류 버전 환생이 아니었는가에 대해 길고도 함축적이며 격렬한 논쟁이 시작된다.

내가 이 이야기에 열광했다는 사실을 변명하진 않겠다. 바보였거나 나이가 어렸다면 변명이 되었겠지만, 그때의 나는 어느 쪽도 아니었다. 『펜티멘토』를 읽은 다른 수많은 독자들처럼 내 머릿속에는, 이 회고록 속 일화들이 꾸며낸 것이며, 대화들은 해밋의 하드보일드 소설 속 터프가이식 문체의 패러디라는 생각이 전혀 떠오르지 않았다. 나는 그냥 이 글이 아주 근사하다는 생각에 곧장 《뉴욕 타임스 북 리뷰》에 전화를 걸어 『펜티멘토』 출간에 맞춰 헬먼을 인터뷰할 수 있는지 문의했다. 그들은 좋다고 했다.

헬먼은 인생 행로에서 남다른 3막으로 이미 진입한 상태였다. 회고록 『미완성 여인(*Unfinished Woman*)』이 베스트셀러가 되었고 내셔널북어워드를 수상했으며, 이제 『펜티멘토』 출간을 앞두고 더욱 엄청난 성공을 목전에 두고 있었다. 토크쇼에 출연한 헬먼은 담배를 피우며 연기를 훅 뿜어내는 모습으로 사회자들을 매혹시켰다. 책 두 권의 성공 덕분에 헬먼은 가장 최근에 썼던 희곡의 실패라는 뼈아픈 기억을 싹 지워버릴 수 있었다. 그리고 마침내 『펜티멘토』에서 가장 유명한 일화 「줄리아」가 영화화되었다. 제인 폰다가 릴리언 헬먼으로, 제이슨 로바즈가 대실 해밋으로, 바네사 레드그레이브가 줄리아로 출연한다. 릴리언 헬먼이 쓰길, 1939년 독일에서 모피 모자 안에 바깥으로 빼돌릴 5만 달러를 숨기고 다녔다던 그 용감한 반(反)나치 스파이 줄리아 말이다. (「줄리아」에서 릴리언과 줄리아는 어린 시절 특별한 우정을 나눈 친구 사이로 묘사된다. 이후 줄리아가 유럽으로 건너가 의학을 공부하던 중 반나치 운동에 가담하게 되고, 러시아에서 열리는 작가 회의에 초청받은 릴리언에게 5만 달러 배달 임무에 협조해달라고 요청한다. 임무는 완수되지만, 얼마 후 줄리아가 게슈타포에게 살해됐다는 소식이 들려온다.―옮긴이) 그런 헬먼의 인생은 기차 사고로 끝났다. 하지만 그 일은 한참 후에 일어난 일이다. 나는 헬먼을 주인공으로 한 희곡을 썼다. 그건 더 한참 후의 일이다.

내가 헬먼을 만났을 때 그녀는 예순여덟 살이었다.

그녀는 어느 시대를 기준으로 삼더라도, 심지어 그 시대의 눈으로 보더라도 나이보다 최소한 10년은 더 늙어 보였다. 헬먼은 젊은 시절을 빼고는 미인이었던 적이 없었고 이제는 온통 주름지고 눈도 거의 안 보였다. 목소리는 허스키했고 계속 담배를 피웠다. 물부리에 담배를 끼워서 피웠는데, 오자미같이 생긴 재떨이를 사용하곤 했다. 이 재떨이 중간에는 담뱃불을 비벼 끌수 있는 조그만 금속 장치가 부착되어 있었다. 헬먼과 함께 있는 내내, 눈이 어두운 헬먼이 담배를 피우다 길어진 재를 무릎에 떨어뜨려 옷에 불똥이라도 튀는 건 아닐까 하는 조바심이 긴장감을 더해주었다.

그런데 좀 이상하지만 믿어달라. 헬먼은 엄청나게 매력적이었다. 생기가 넘쳤고, 교태도 있었고, 친근하기까지 했다.

나는 헬먼을 만나러 마서스비니어드에 있는 헬먼의 집으로 갔다. 이 집은 칠마크 근처 바위투성이 해안가에 자리 잡고 있었다. 인터뷰는 당황스러웠다. 나는 날카로운 질문을 던지지 못했다. 사실 그런 질문을 준비하지도 않았었다. 나는 그저 헬먼에 반해 있었다. 헬먼은 '빨갱이'를 잡아내려는 하원 반미활동조사위원회에 참석하여 "올해의 모범 기준에 맞추자고 내 양심을

내게는 수많은 실패작들이 있다

버릴 순 없다."라고 선언한 사람이었다. 그녀는 당대의 가장 터프한 남자 대실 해밋을 사랑했고, 해밋 역시 비록 함께한 시간 동안 거의 술에 취해 있긴 했지만 그녀 못지않게 헬먼을 사랑했다. 게다가 헬먼이 실제로 히틀러를 멈춰 세우기도 했다는 게 밝혀지지 않았던가.

첫 번째 인터뷰가 끝난 후 오후에, 나는 릴리언의 집 근처 해변으로 산책을 나갔다. 처음엔 아무도 없었는데 몇 분 뒤에 어떤 남자가 나타났다. 어디서 온 건지 도통 알 수가 없었다. 남자는 좀 나이 들어 보였고 머리카락이 회색이었으며 뚱뚱했는데 나에게 릴리언의 집에서 지내는지 물었다. 갑자기 불안해졌다. 나는 뻣뻣하게 서 있다가 이런저런 변명을 하고는 최대한 빠르게 걸어 바위를 넘어서 릴리언의 집으로 돌아왔다. 릴리언은 화려한 하와이 드레스를 입은 채 정원에 앉아 있었다.

그녀가 물었다. "해변은 어땠어요?"

"좋았어요."

"거기 누가 있던가요?"

"어떤 남자요."

"나이 들어 보이고? 뚱뚱하던가요?"

"맞아요."

"더 이상은 못 참아."

릴리언은 일어서서 해변 쪽으로 걸어갔다.

몇 분 뒤 그녀가 돌아왔다. 침입자는 벌써 사라지고 없었다. 그녀는 몹시 화가 나 있었다. 분명 그 남자와 모종의 전쟁을 치르는 중인 듯했다. 빌어먹을, 그 남자한테 내 해변가에 얼씬도 하지 말라고 했어. 제기랄, 내 친구들하고 말 섞지 말라고도 했어. 릴리언은 그 남자가 또다시 감히 해변가를 얼쩡거리거나 거기 잠복해 있다가 들키면 다시 한번 경고하겠다고 했다. 그녀는 그 남자에게 꺼지라고 하기도 전에 그가 사라졌다는 것에 불쾌해했다. 믿을 수가 없었다. 그녀는 여전히 싸움을 열망하고 있었고 대결하기를 좋아했다. 그녀는 극작가로서 드라마가 필요한 사람이었다. 나로 말할 것 같으면 저널리스트로서 구경하길 좋아하는 쪽이다. 나는 경외심에 사로잡혔다.

나의 형편없는 인터뷰 기사가 《뉴욕 타임스》에 실린 다음, 릴리언과 나는 친해졌다. '친구'라는 단어는 적절하지 않은 것 같다. 나는 릴리언의 삶 속 젊은이들 중 한 명이 되었다. 그녀는 항상 나에게 편지를 썼다. 대부분 재미있는 내용이었고, 타자기로 썼으며, 미스 헬먼이라고 서명되어 있었다. 그녀는 내게 레시피도 보내주었다. 그녀는 내 아파트에 놀러 왔고 나도 그녀의 집에 놀러 갔다. 이건 분명히 말해둬야 하는데, 헬먼이 한때 코뮤주의자였다고는 도저히 믿기 어려웠다. 나는 할리우드에서 부유한 좌파들을 꽤 많이 만나면서 자랐다. 하지만 파크 애비뉴 630번지에 있는 릴리언의 아파트에선 그런 기성 좌익의 흔적을 찾으려야 찾을 수가 없었다. 예를 들어 멕시코 예술품이나 벤 샨 (사회파 리얼리즘 화풍으로 유명한 리투아니아계 미국 화가—옮긴이)의 그림은 걸려 있지 않았다. 아파트는 그 옛날 앵글로색슨계 백인 신교도와 독일계 유대인 사이 어디쯤에 위치할 법한 스타일로 꾸며져 있었다. 화려한 무늬의 비단으로 덮인 소파, 어두운 색깔의 목재로 만든 작은 탁자들, 바다가 그려진 유화들, 페르시안 러그.

릴리언은 여섯 번인가 여덟 번쯤 저녁 식사 모임에 나를 초대했고, 그때마다 무척 신나는 이야기를 들려주었다. 지금은 그 이야기가 과장된 것이었음을 알지만 그때에는 그저 재미있기만 했다. 그녀는 어느 일요일에 버그도프굿맨 백화점의 모피 상점에서 판매원과 싸운 적도 있다고 했고, 랜덤하우스의 편집장 제이슨 엡스타인이 그녀의 주방에서 중국 요리를 만들다가 불을 낸 적도 있다고 했다. 릴리언은 재미있었다. 정말로 재미있는 사람이었다. 안에서부터 깊숙이 터져 나오는 웃음소리는 근사했다. 그녀는 대화를 시작할 만한 이야깃거리를 항상 갖고 있었다. "종조부가 돌아가셨어요." 그녀가 어느 날 밤 탁자에 앉아 얘기했다. "그리고 변호사가 전화해서는 '당신에게 상당한 유산을 남기셨어요.'라고 전해주더군요. 상당한 유산이면 얼마쯤일 것 같아요?" 게임이다! 거룩한 게임이야! 우리는 오랜 시간 논의한 끝에 상속액을 67만 5000달러로 낙찰보았다. 릴리언은 우리가 아주 정확하게 맞췄다고 했다. 정말일까? 그 이야기 중 어느 부분이라도 진짜인게 있던가? 누가 알겠는가? 대실 해밋이 작가 S. J. 페럴먼의 아내와 함께 도망친 적이 있으며, 과학자 피터 피블먼(릴리언은 나중에 비니어드의 집을 이 과학자에게 넘겼다.)이 릴리언의 친한 친구 중 한 명과 데이트를 시도함으로써 릴리언을 속상하게 했으며, 줄리아의 딸이라고 짐작되는 젊은 여인을 만난 적이 있다는 이야기들에 귀 기울이며 나는 황홀해했다. 마지막 일화는 절벽에서 일어났다고 기억된다. 릴리언과 대실이 절벽 끝에 서 있을 때 젊은 여인이 다가와서는 그녀의 팔을 건드리고 도망쳤다고 한다. "줄리아의 딸이 아닐까 항상 궁금했어요. 그 여자는 줄리아와 무척 닮았거든요."

릴리언이 델리카테슨 식당(훈제 고기 등 다양한 가공육 제품을 파는 식당—옮긴이)과 나의 아버지 헨리 에프런, 그리고 나에 대해 쓴 편지를 여기 소개한다.

P.J. 번스타인 델리카테슨 식당에 앉아 있었어요. 나는 한 달에 한 번 정도 이 식당에 가죠. 몸을 움직여서 돈을 벌어야 하는 중년 여성들에 대해 항상 연민을 느껴왔는데, 유대인 웨이트리스 몇 명이 내가 말로는 표현하지 않은 이런 연민을 산산조각 내더군요. 그중 한 사람은 내가 뭐하는 사람인지 정확히는 아니지만 대충 알고 있었어요. 하지만 상관하지 않고 내가 소시지를 시킬 때마다 키스해주곤 했죠. 며칠 전 그녀는 키스해준 다음 묻더군요. "헨리 에런스 씨를 아시죠?" "아뇨, 모르는데요." 그녀는 유대인 특유의 몸짓으로 내 어깨를 부술 듯이 밀쳤어요. "그분 딸은 확실히 아시잖아요." "글쎄요." 다행히 어깨는 부서지지 않았어요. 그녀는 소시지 접시를 들고 다시 내 자리에 와서 말을 걸었어요. "그분 딸, 왜 그 글 잘 쓰는 사람 있잖아요?" "모르겠는데요." 가까스로 어깨의 아픔이 사라지더군요. "무슨 말이 그래요? 글 잘 쓰는 사람이라고 하면 무슨 말인지 몰라요?" "에런스 씨는 어디 사시는데요?" 나는

대화가 좀 더 긍정적으로 바뀌길 희망하면서 물었어요.
"설마 내가 그 집엘 가겠어요? 그분이 여기 오는
거죠." 20분쯤 지나서 소화가 잘 되지 않고 있을 때 그
웨이트리스가 말하던 사람이 당신 아버지라는 것을 알게
됐어요. 정말 우연찮게도 2시간 후에 에프런 씨가 내게
전화를 걸어 「줄리아」를 본 적이 있다고 말해주더군요.
　당신한테 왜 이 이야기를 쓰기 시작했는지
모르겠네요. 물론 당신이 죄책감을 느끼기 바라는
마음이 확실히 있긴 하지만요.

　정말 다정한 편지 아닌가? 나는 릴리언이 보낸 편
지들을 파일함에 정리해두었다. 편지들을 꺼내어 죽
훑어볼 때마다 모든 것이 되살아난다. 초창기에 받은
편지들을 내가 얼마나 소중히 여겼는지, 얼마나 강력
하게 매혹당했고 또 우쭐해했는지, 그리고 시간이 지
날수록 그 편지들의 매혹이 얼마나 줄어들었는지, 점
점 편지가 번거로워지고, 결국 얼마나 지루해졌는지.
　그러니까 이건 사랑에 관한 이야기다.
　릴리언이 즐겼던 것 중에 T.L.이 있다. 요즘 사람들
은 대부분 T.L.이 뭔지 모를 테지만, 나는 어머니한테
서 그 표현을 배웠다. 대체 왜 가르쳐주셨는지는 모르

겠지만.

T.L.은 트레이드 래스트(Trade Last)의 약자다. 어떻게 써먹는 것인지 설명하겠다. 누군가에게 전화를 걸어 T.L. 할 게 있다고 말한다. 이 말은 상대방에 대한 칭찬을 들었고 그걸 전해주겠다는 뜻이다. 그 대신 상대방 역시 누군가 나에 대해 한 칭찬을 먼저 말해줘야 한다는 조건이 따라붙는다. 다시 말해 조건이 충족된 다음에야 칭찬을 전해준다는 것이다.

다른 사람에게 칭찬을 전해주는 방법으로서는, 말할 것도 없이 참 이상하고, 인색하고, 좀 심각하게 자아도취적인 방법이다.

릴리언과의 통화는 이렇게 시작된다. "미스 에프런, 헬먼이에요. 당신에게 T.L. 할 게 있어요."

처음 몇 번은 즐거웠다. 내 주변은 온통 릴리언에 관한 달콤한 찬사들로 충만했다. 그녀는 올해의 여성감이었다. 하지만 시간이 흐를수록 이 통화는 사실상 악몽으로 바뀌어갔다. 나는 항상 그녀의 소식을 따라잡아야만 했다. 릴리언은 『깡패들의 시간(Scoundrel Time)』이라는 신간을 썼는데 이 책은 하원 반미활동조사위원회에서 증언하지 않기로 결심한 과정에 대해 자화자찬하는 책이었다. 곧이어 블랙글라마 밍크 광고에 출연하는, 다소 문제적인 행보를 취했다. 사람들은 헬먼을 화제에 올렸지만 T.L.을 해줄 만한 내용은 아니었다. 그나마도 많이 듣지 못했다. 나는 당시 워싱턴에 살고 있었고, 워싱턴 사람들은 워싱턴에 살지 않는 누군가에 대해 별로 관심이 없다. 그게 현실이다.

하지만 릴리언은 저쪽 수화기를 들고서, 이쪽 수화기를 들고 있는 내가 T.L. 할 만한 내용들을 내놓기를 기다리고 있었다. 나는 뭐든 가능한 것들을 떠올리기 위해 필사적으로 머리를 굴렸다. 거짓말한다는 걸 들키지 않기 위해 세심한 주의를 기울여야 했다. 칭찬을 꾸며낼 때에는 출처가 남성이었음을 밝혀야 했다. 릴리언이 나에게 따뜻하게 대해주긴 했지만, 그녀는 기본적으로 여성이 바치는 칭찬에는 아무 관심이 없었기 때문이다. 차마 이렇게 고백할 순 없었다. "전 워싱턴에 살아요. 워싱턴 사람들은 당신한테 관심 없어요." 결과적으로 나는 칭찬을 지어내야 했고, 대개는 우리 남편이 릴리언을 얼마나 경애하는지에 관한 내용이었다. (사실 우리 남편은 그녀를 경애했다.) 하지만 이것만으로는 어림도 없었다. 릴리언이 듣고 싶어하는 T.L.의 내용이라면, 로버트 레드포드 같은 사람(가상의 에피소드를 아무거나 대자면 그렇다는 소리다.)과 저녁 시간을 함께 보냈는데 그가 릴리언과 꼭 같이 자고 싶다고 고백했다는 뭐 그런 거였다.

내가 이혼하고 뉴욕으로 돌아왔을 때 릴리언은 몹시 충격 받았다. 릴리언은 내가 남편을 떠난 걸 이해하지 못했다. 전화기 너머로 이혼을 다시 생각해보라고 하면서 남편을 용서해야 한다고 설득했다.

남편이나 나나 재결합의 가능성을 솜털만큼도 생각하고 있지 않았지만, 릴리언은 확고한 태도로 나를 끊임없이 압박했다. 정말 남편을 용서 못 하겠어요? 나는 릴리언의 삶에서 빠져나올 기회를 잡았다.

나는 릴리언이 내 이혼에 대해 보인 반응 때문에 릴리언과의 우정을 더 이상 지속할 수 없겠다고 생각했다.

그리고 1년 뒤에, 뮤리엘 가디너라는 이름의 여성이 2차 대전 직전 스파이로 활약했던 경험을 기록한 회고록이 출간되었다. 헬먼이 가디너의 이야기를 훔쳤다는 게 분명해졌다. 줄리아는 없었다. 릴리언은 작은 모피 모자로 유럽을 구한 행위와 아무 관련이 없었다.

나는 릴리언이 병적인 거짓말쟁이로 밝혀졌기 때문에 릴리언과의 우정을 더 이상은 지속할 수 없다고 생각했다.

릴리언은 자신을 거짓말쟁이라고 불렀다는 것을 이유로 매리 매카시를 고소했다.

나는 수정헌법 제1조(언론과 표현의 자유를 명시해놓은 조항―옮긴이)에 반기를 드는 사람을 존경할 수 없기 때문에 더 이상은 릴리언과의 우정을 지속할 수 없다고 생각했다.

나는 정말로 그랬다. 정말로 그렇게 생각했다.

하지만 진실은, 이런 종류의 로맨스가 끝장날 때에는 어떤 변명이든 늘어놓게 된다는 것이다. 세부 사항만 조금 다를 뿐 이런 이야기는 항상 똑같이 진행된다. 젊은 여성이 나이 든 여성을 우상화한다. 젊은 여성이 나이 든 여성을 따라다닌다. 나이 든 여성이 젊은 여성을 받아들여준다. 젊은 여성은 나이 든 여성이 그저 인간에 불과했음을 깨닫는다. 이야기 끝.

젊은 여성이 작가라면, 언젠가 그 나이 든 여성에 대해 글을 쓰게 된다.

세월이 흐른다.

젊은 여성이 나이가 든다.

그리고 로맨스가 그렇게 끝장난 것에 대해서만큼은 사과하고 싶어지는 순간을 맞는다.

지금 쓰는 글은 바로 그런 종류의 사과문이다.

내게는 수많은 실패작들이 있다

내 사랑 미트 로프

얼마 전 내 친구 그레이든 카터가 뉴욕에 레스토랑을 열겠다고 했다. 나는 그 계획에 대해 경고했다. 식당 경영이야말로 모두가 철들면서 버려야 하는 보편적인 판타지의 일종이라는 게 내 지론이다. 그러지 않으면 식당이라는 무거운 짐을 떠안게 된다. 식당 경영에는 수많은 문제점이 따라붙는다. 주인 스스로 매일 거기서 식사를 해야 한다는 건 가장 사소한 문제에 불과하다. 식당을 열겠다는 판타지를 포기하는 것이야말로 심리학자 피아제의 인지 발달 단계의 최종 심급이다.

하지만 그레이든은 기운차게 밀고 나갔고, 다운타운에 오픈한 레스토랑은 엄청난 성공을 거두었다. 1년 뒤, 그레이든은 몽키 바가 있던 외곽의 바로 그 자리에 두 번째 레스토랑을 열 계획이라고 했다. 그리고 런던의 아이비 레스토랑 비슷하게 만들고 싶다는 포부를 밝혔다. 아이비 레스토랑은 내가 가장 좋아하는 식당 중 하나였기 때문에, 그레이든은 혹시 메뉴에 대해 뭔가 제안할 수 있느냐고 물어왔다. 나는 즉시 기나긴 목록을 작성해서 보냈다. 제일 첫 번째 항목이 미트 로프(잘게 다진 고기와 야채 등을 섞어 덩어리째 구운 요리―옮긴이)였다. 나는 미트 로프를 정말 좋아한다. 고향의 맛이 느껴지기 때문이다.

레스토랑 오픈 몇 달 전, 나는 시식 모임에 초대받았다. 기름에 살짝 튀겨 겉면이 바삭바삭한, 아주 특별하고 큼직한 미트 로프 두 덩어리가 준비되어 있었다. 촉촉하면서도 바삭한 질감이 잘 조화된 미트 로프였다. 미트 로프를 만들 때 가장 근본적인 실패의 원인은, 너무 부드럽고 흐물흐물하게 만들어서 1분이면 다 먹어치울 수 있게 한다는 데 있다. 이 식당의 미트 로프 요리는 고향의 맛 같다고는 할 수 없지만 맛있다는 데에는 이견이 없었다. 미트 로프 위에는 근사한 버섯 소스를 끼얹어놓아 바삭한 겉부분이 상쇄되고 있었다. 나는 보통 버섯 소스를 강하게 반대하는 입장이지만, 이 미트 로프에는 꼭 필요할 것 같았다. 나쁜 뜻으로 하는 말이 아니다.

몽키 바의 미트 로프에 내 이름이 붙을 거라고는 상상도 못했는데 레스토랑이 오픈했을 때 가보니 메뉴에 당당하게 '노라의 미트 로프'라는 요리명이 적혀 있었다. 내 이름이 걸려 있으니, 미트 로프 요리를 꼭 주문해야 할 것 같았다. 시식 모임 때 먹었던 것만큼이나 여전히 맛있었다. 기분이 아주 좋았다. 게다가 내가 뭔가를 성취한 것 같은 이상한 느낌이 들었다. 사실 이 미트 로프와 아무런 관련도 없는데 마치 내가 이 미트 로프를 만들어낸 것만 같았다. 나는 언제나 복숭아에 자기 이름을 붙인 넬리 멜바라든가 피자에 이름을 붙인 마르게리타 공주, 샌드위치에 이름을 붙인 루벤 같은 이들을 부러워했다. 이젠 나도 그 일원이 된 것이다. 노라의 미트 로프. 뭔가가 기억났다. 오래전에 친구들끼리 "뭔가에 자기 이름을 붙일 수 있다면 뭐가 좋을까?"라는 종류의 게임을 하곤 했다. 그 시절 나는 어떤 춤의 스텝이라든가 바지 종류에 내 이름이 붙었으면 싶었다. 하지만 이제 나도 나이를 먹었고, 미트 로프에 기꺼이 안착할 준비가 되어 있었다.

그나저나 몽키 바 메뉴에 이름을 올린 사람은 나

혼자가 아니었다. 내 친구 루이스의 이름도 샐러드 앞에 붙었다. 루이스의 선셋 샐러드.

몇 주가 지나 친구들로부터 '나의' 미트 로프가 맛있다며 칭찬하는 이메일이 대여섯 통 도착했다.

답장에 나는 이렇게 쓰지 않았다.

⑴ 나는 그 미트 로프랑 아무 상관이 없어.

⑵ 그건 사실 내 미트 로프라고 할 수 없어.

⑶ 내가 미트 로프를 만들 땐 그 안에 립톤사의 양파 수프 믹스를 넣지만, 그 식당의 미트 로프는 안 그래.

그 대신 나는 이렇게 써 보냈다.

⑴ 고마워.

⑵ 네가 그 요리를 주문했다니 기분 좋다.

⑶ **진짜** 맛있지?

나는 자랑스러웠다. 나의 미트 로프는 대성공이었다. 미트 로프는 그 식당에서 내 이름을 드높이고 있었다. 나는 딱히 뭘 하지도 않았는데. 난 그저 며칠 내내 집에서 인터넷 서핑을 하며 거실을 어떻게 꾸밀지 생각하느라 바빴다.

　몽키 바를 그다음에 방문했을 때, 나는 미트 로프를 또 주문했다. 내 스스로 미트 로프를 주문하지 않으면서 어떻게 남들이 이걸 주문하리라고 기대할 수 있겠는가? 그런데 놀랍게도, 미트 로프가 좀 달라져 있었다. 큼지막한 미트 로프 두 덩어리가 아니라 한 덩어리만 놓여 있었고, 버섯 소스는 요리 옆쪽에 뿌려져 있었다. 나는 수석 웨이터를 불러 이 변화에 대해 대화를 시작했다. 웨이터는 내 이야기를 정중하게 듣고는, 다른 손님이 버섯 소스는 요리 위에 뿌리지 말고 옆에 두는 게 좋겠다고 제안해서 받아들였다고 설명했다. 이런 식으로 바꾸려면 나하고 의논했어야 하는 게 아닌가라는 생각이 떠오르고야 말았다. 나는 상냥하게, 아주 엄청난 실수를 저지른 것 같다고 지적했다. 나야말로 소스를 항상 요리 옆에 뿌리는 걸 선호하는 사람이지만, 이 미트 로프만큼은 소스를 위에 뿌리는 게 맞는다고 말해주었다. 웨이터는 나의 제안을 고려하겠다고 약속했다.

　몇 주가 지났다. 나는 불현듯 코난 도일의 「바스커빌 가문의 개」의 짖지 않는 개처럼 어떤 사실을 깨달았다. (이 부분은 저자가 코난 도일의 또 다른 단편 「실버 블레이즈」와 혼동한 것으로 보인다. "그날 밤 개는 전혀 짖지 않았습니다."라는 말에 홈즈가 "그게 바로 이상한 행동이오."라는 대꾸하는 장면은, 셜록 홈즈의 가장 유명한 어록에 포함된다. 「바스커빌 가문의 개」에는 악마로 오해받는 개가 주요 장치로 등장한다.─옮긴이) 최근 들어 '나의' 미트 로프를 칭찬하는 이메일이 한 통도 오지 않은 것이다. 몽키 바를 다시 방문했을 때 친구 알레산드라도 그곳에 와 있었다. 저녁 식사를 마친 다음 그녀는 내가 앉은 테이블로 건너와서 이렇게 말했다. "이 미트 로프는 그냥 햄버거네."

충격을 금할 수가 없었다. 물론 미트 로프의 맛이 예전 같지 않다는 건 알고 있었지만, 햄버거라니? 우리들의 우정이 이 정도밖에 안 됐는지 의심이 들었다. 알레산드라는 미트 로프에 내 이름이 붙어 있는 걸 못 봤단 말인가? 사실 나한테 묻지도 않고 내 이름을 미트 로프 옆에 조그맣게 붙인 것이긴 했지만, 만일 진짜로 내가 레시피를 제공한 나의 미트 로프였다면 어땠을까? 알레산드라는 잔인하고 무신경한 데가 있는 것 같았다.

그 일은 토요일 밤에 벌어졌다. 그리고 월요일 아침, 내 친구 샌디에게 이메일을 받았다. 제목인즉슨 "Re: 몽키 바의 미트 로프. 그 식당 고소해버려."

나는 그레이든에게 이메일을 썼다. 문제를 일으키고 싶지는 않지만, 사람들이 미트 로프 요리에 대해 수군거리고 있는데 그 내용이 과히 좋지 않다는 걸 말해 줘야만 할 것 같다는 내용의 기나긴 이메일이었다. 답장이 왔다. 식당 측에서 이미 조치를 취했다고 했다. 요리사를 최근에 해고했고, 그 유명한 요리사 래리 포지온을 모셔왔다고 했다. 몇 주 내내 상황이 안 좋았다고 했다. 미트 로프는 하나의 징후에 불과했던 것이다.

그리하여 래리 포지온이 몽키 바에 왔고, 메뉴와 미트 로프 레시피에도 변화가 왔다. 맛있고 육즙이 많은, 전통적인 방식의 미트 로프로 바뀌었다. 내가 만드는 것처럼 립톤사의 양파 수프 가루가 안에 뿌려진 건 아니었지만 집에서 먹는 그런 맛이 충분히 났다. 버섯 소스도 여전히 접시 위에 소용돌이 모양으로 뿌려져 있었다. 왜인지는 모르겠지만 이 미트 로프에는 버섯 소스가 필요하지 않았다. 하지만 버섯 소스는 사라지지 않았다. 미트 로프가 겪은 변화를 보여주는 흔적 기관이라고 할까.

나는 안심했다. 이젠 긴장을 좀 풀 수가 있었다. 나의 미트 로프는 구원받았고, 이제 몽키 바 메뉴 중 다른 것들도 조금씩 주문해서 먹어볼 수 있었다. 그중 하나는 할리우드의 유명한 레스토랑 체이슨에서 먹었던 칠리의 완벽한 짝이었다. 여기에는 옥수수 머핀도 곁들여져 나왔다. 천상의 맛인지라 나는 당분간 이 메뉴에 충성하기로 마음먹었다. 그리고 마침내, 화요일의 나이트 스페셜 메뉴를 먹다가 미트 로프의 질이 미세하게 떨어졌다는 걸 발견했다. 하지만 일부일처제의 정신으로 칠리에 정성을 쏟다 보니, 미트 로프를 걱정할 만한 여유가 없었다.

어제 몽키 바에 또 간 다음 이 글을 쓰게 됐다. 어제는 화요일이었다. 식당에 가는 길에 오래간만에 나의 미트 로프를 체크해봐야겠다고 생각했다. 메뉴판을 펼쳤고, 미처 한 단어를 읽기도 전에 내 눈앞에 펼쳐질 것을, 아니 정확하게 말하자면 내 눈앞에서 보지 못할 것을 알아차렸다.

나의 미트 로프가 사라졌다.

루이스의 선셋 샐러드는 여전히 일반 메뉴에 이름을 올렸지만, 노라의 미트 로프는 없어졌다.

그 이름은 폭파되었다. 이젠 흔적조차 찾을 길이 없다.

이 메뉴가 없어진 것에 대해 누군가 언급한 적이 있는지, 누군가 불평한 적이 있는지, 누군가 알아차리긴 했는지를 물어보았다. 아무도 없었다고 했다. 마치 처음부터 없었던 것처럼 미트 로프는 사라졌다.

화요일의 나이트 스페셜 메뉴는 스파게티와 미트볼로 대체되었다. 나는 준엄한 부정행위를 발견할 수 있길 바라면서 그 메뉴를 시켰다. 그러나 스파게티와 미트볼 둘 다 무척 맛있었다. 나는 이 요리에 곁들여진 파마산 치즈 가루의 밀도에 대해 사소한 의견을 제시했다. 누군가 내 말에 귀 기울여주기를 바랄 뿐이다.

L-U-V에 중독되다

몇 년 전 우연히 영어 단어 게임인 스크래블 블리츠를 알게 됐다. 웹사이트 게임스닷컴에 올라와 있는데, 혼자서 하는 스크래블 게임(단어 퍼즐 게임의 일종—옮긴이)의 4분짜리 버전이었다. 나는 별생각 없이 게임을 시작했고, 과장이 아니라 하루 만에 이 게임이 내 머리를 빙빙 돌게 했다. 이런 경험은 처음이 아니다. 어린 시절 어느 여름날에는 크로케(나무봉으로 공을 쳐서 정해진 순서와 방향에 맞게 후프 속으로 통과시키는 게임—옮긴이)에 열중한 나머지, 후프 사이로 굴러가는 어머니의 머리통을 나무봉으로 후려갈기는 꿈을 아예 시리즈로 되풀이해서 꾸곤 했다.

스크래블 블리츠를 시작하면서 비슷한 상황이 돌아왔다. 어머니는 오래전에 돌아가셨기 때문에 논외로 쳐야 하지만. 나는 스크래블에 관한 꿈을 꾸기 시작했다. 꿈속에서 사람들이 글자판으로 변신해 미친 듯이 뛰어다녔다. 대화 도중에도 상대방 말에 귀 기울이지 않은 채 이 사람 이름은 몇 글자로 이루어져 있는지를 셌다. 밤마다 스크래블에 중독된 나 같은 사람들과 중독되지 않은 사람들을 구별해주는 두세 글자짜리 단어를 외우면서 잠들었다. (예를 들어 당신이 스크래블에 무관심한 사이 qi, za, ka 같은 단어들이 스크래블 사전에 등록되었다. 무슨 뜻인지는 묻지 마시길. 이런 것들의 전통을 더듬어보자면 인도네시아 동전 이름이 아닌가 싶다. luv도 suq(중동 지역의 야외 시장을 뜻하는 말—옮긴이)처럼 엄연히 하나의 단어다.)

마약의 위험성을 경고하는 공익 광고를 기억하시는지? "이건 당신 뇌예요. 이건 마약을 하는 당신 뇌이고요." (처음에는 달걀을 보여주었다가 그다음에는 달걀을 프라이팬에 떨어뜨려 프라이를 만드는 내용을 담은 광고—옮긴이) 그 달걀 프라이가 나다. 나의 뇌는 치즈처럼 바뀌어가고 있었다. 그 과정이 진행 중이라는 걸 느낄 수가 있었다. 나는 확실히 산만하고 갈피를 못 잡으며 주의력이 부족한 사람이 되어가고 있었다. 나는 주의력결핍장애의 말기 증상을 온몸으로 보여주고 있었다. 나는 십 대 소년화되었고, 인터넷이 어떻게 뇌를 영구적으로 바꿀 수 있는지에 관한 전문가로 등극했다. 모든 종류의 공간에 이런 주제가 올라오기만 하면 나의 의견을 제시했지만, 내가 기억하기로 특별히 관심을 보이는 사람은 없었다.

스크래블 블리츠 사이트는 미치광이 같은 스크래블 블리처들로 우글우글했다. 게임과 게임 사이에 주어지는 2분 동안 그 사이트 대화방에 모여 자신의 중독에 대해 수다를 떨면서 중독 상태를 달래려는 이들이었다. 사실 2분이라는 휴식 시간은 로그아웃하고 게임을 그만두기에 아주 적절한 시간이지만, 그럴 수가 없다. 그 게임에 제대로 빠져 있고 딱 한 게임만, 아니 두 게임만 더 할 작정이기 때문이다. 스크래블 블리처들이 올리는 내용이란 이런 식이다. "난 중독자야, lol(크게 웃는 것을 뜻하는 약어—옮긴이)." 또는 "게임을 멈출 수가 없어, 하 하 하." 이런 글들을 볼 때마다 경멸감을 느끼면서, 나는 이런 글을 쓰는 사람들과 좀 다르다고 자부했다. 하지만 사실 그렇지 않았다. 나는 lol과 '하 하 하'만 안 쓴다 뿐이지 그 사람들과 다를 게 하나도 없었다. 뭐 아주 가끔 나도 lol이나 '하 하 하'를 쓰긴 썼다. 대화방에서 쓰지는 않았고 보통 때 썼는데, 좀 모순되게 들리지만, 진짜 솔직히 말해서, 매번 쓰진 않았다.

스크래블 블리츠 게임 때문에 결국 이 웹사이트에 과부하가 걸리고 말았다. 시간 지체 현상은 골칫거리였다. 가끔 스크래블 블리츠는 며칠 동안 사이트를 닫기도 했다. 사이트가 다시 열리면 중독자들은, 다른 중독자들이 그렇듯 게임 없이는 거의 버틸 수 없었다면서 온갖 수다를 늘어놓았다. 난 게임을 하다가 수근관 증후군(손바닥과 손가락 등에 이상 증상이 나타나는 질환—옮긴이)까지 발병하고 말았다. 농담이 아니다. 이 습관을 떨쳐내야만 한다는 걸 자각하고 있었다. 떨쳐내리라고 생각했다. 그러겠다고 스스로 다짐했다. 딱 한 게임만 더 하고. 딱 하루만 더. 딱 한 주만 더. 그리고 어느 날, 불현듯 보험 업계에서는 신의 섭리라고도 부르는 사건이 터지면서 나는 구원받았다. 게임스닷컴 사이트가 스크래블 블리츠 게임을 영구적으로 닫아버렸다. 그렇게 됐다. 스크래블 블리츠는 사라졌다.

나는 다시 훨씬 순하고 좀 졸린 버전의 온라인 스크래블 게임으로 돌아왔다. 하루에 딱 두 게임만 하기로 엄격하게 규칙을 세웠다. 더 많이는 절대 안 된다.

나는 스크래블을 할 수 있는 이런저런 웹사이트를 몇 년 동안 방황했다. 그리고 최근에 스크래불러스닷컴이라는 사이트에 안착했다. 여기서 50일을 조금 넘게 게임을 했다. 그리고 최근 '스크래불러스 팀'으로부터 나의 100번째 게임을 축하하는 이메일을 받았다. 이 메일을 읽으면서 하루에 두 번도 너무 많이 하는 거라는 생각이 스쳤다. 하지만 나의 게임을 막지는 못했다. 나는 스스로를 제어할 수 있다.

하지만 이번 주에 커다란 시련이 찾아왔다. 언제나처럼 스크래불러스닷컴에 접속하여 하루에 두 번 게임을 하는 의식을 실행하려는 찰나, 놀랍게도 첫 페이지에 스크래블 블리츠를 해보라는 문구가 떠 있었다. 이름이 스크래블 블리츠가 아니라 블리츠 스크래블로 바뀌긴 했다. 돌아온 거다. 그것도 완벽하게 돌아왔다. 게임만 돌아온 게 아니라, 예전 사이트에서 같이 게임하던 사람들도 돌아왔다. 모두들 게임 중독에 대해 서글픈 농담을 한마디씩 던지면서 lol이나 '하 하 하', 가끔은 ☺를 덧붙였다. 딱 한 게임만, 아니 두 게임만 하기로 결심했다. 한 시간 뒤, 나는 여전히 컴퓨터 앞에 있었다. 내 심장은 두방망이질 쳤고, 나의 뇌는 다시 한번 치즈처럼 녹아내리고 있었다. 나는 또다시 걸려든 거다.

오늘로 5일째다. 5일 동안 나는 블리츠 스크래블 게임을 하거나 블리츠 스크래블 게임 생각을 하고 있었다. 5일 내내 잠들 때마다 글자 칸들이 내 머릿속에서 춤을 추었다. 5일 동안 나는 다시 십 대 소년이 되어 있었다. 해결책은 딱 하나밖에 없는 것 같다. 컴퓨터에 '부모의 제어' 프로그램을 신청하든가(내 컴퓨터에 분명히 있었던 것 같다.) 스크래불러스닷컴을 '가면 안 되는 사이트'나 그런 비슷한 목록에 올리는 것이다.

안녕. 난 떠날 거야. 난 정말 갈 거야.

잠깐, 마지막으로 블리츠 스크래블을 딱 한 번만 더 하고. 아니, 딱 두 번만 더 하고 끝내는 거야. 아니 딱 세 번만. ☺

내게는 수많은 실패작들이 있다

이메일의 여섯 단계

—

1단계: 열광

나 방금 이메일 받았어! 믿을 수가 없어! 너무 멋져! 여기 내 아이디야. 나한테 메일 보내. 편지 쓰는 일이 사망 선고를 받았다고 누가 그러던가? 그 사람들은 틀렸다. 나는 이메일이 활성화되던 초창기에 처음으로 미친 듯이 편지 쓰는 데 열중했다. 집에 오자마자 아끼는 다른 모든 것들은 거들떠보지도 않고 곧장 컴퓨터 앞에 가서 낯선 이들에게 연락을 취했다. AOL(인터넷 대화 프로그램—옮긴이)은 얼마나 근사한가! 사용하기도 쉽고, 우정으로 넘쳐난다. 이건 공동체다. 와아아아아아! 나 이메일 받았어!

–

2단계 : 해설

오케이, 이제 뭔지 알겠다. 이메일은 단지 편지를 써 보내는 게 아니다. 그것은 편지와 완전히 다른 어떤 것이다. 이제 막 발명됐고 갓 태어났으며 느닷없이 나타나 그 특유의 형식과 규칙과 언어를 갖추게 된 것이다. 인쇄 매체 때문에 생긴 게 아니다. 텔레비전 때문에 생긴 것도 아니다. 이메일은 혁명이다. 이메일은 삶을 바꾼다. 이메일은 축약한다. 바로 본론으로 들어가 요점을 파악할 수 있다. 시간도 많이 절약해준다. 전화로 얘기하려면 5분은 족히 걸릴 내용을 이메일로는 5초 안에 써서 보낼 수 있다. 전화를 걸면 대화를 해야 한다. 잘 지내니, 잘 있어 등의 인사말을 해야 하고, 맞은편 수화기를 든 사람에게 관심 있는 척 해야 한다. 가장 최악인 것은 딱히 볼 생각이 없는 사람과도 점심 약속이나 저녁 약속을 잡아야 할 것 같은 압박을 준다는 것이다. 이메일을 사용하면 그런 부담이 없다. 이메일은 사람들과 교류하는 완전히 새로운 방법이다. 친밀하지만 친밀하진 않다. 수다를 떨지만 사실 떠는 것이 아니다. 교류하는 것 같지만 그렇지 않다. 간단히 말해서, 친구지만 친구가 아니다. 이 얼마나 획기적인 진전인가. 이메일이 없을 땐 어떻게 살았을까? 이메일에 대해 더 말할 게 남았지만, 대충 알고 지내는 누군가가 지금 막 메시지를 보냈기 때문에 답 좀 하고.

–

3단계: 혼란

여기서 뭔가 가치 있어 보이는 거라곤 없다. 비아그라! 최고의 정보를 얻을 수 있는 사이트 Vioxx. 멕시코의 칸쿤섬에서 일주일의 휴가를. 풍성하고 근사한 잔디 정보입니다. 아스트리드가 친구 신청을 했습니다. XXXXXXX비디오. 페니스를 3인치 더 늘릴 수 있습니다. 민주당전국위원회는 여러분의 도움이 필요합니다. 바이러스 조심. FW: 이거 보면 안 웃고는 못 배겨요. FW: 재밌어요. FW: 이거 정말 웃긴데요. FW: 포도와 건포도는 개에게 해롭습니다. FW: 가브리엘 가르시아 마르케스의 고별사. FW: 커트 보니것의 졸업식 연설문을 볼 수 있는 사이트. FW: 니만마커스 백화점에서 판매하는 초콜릿칩 쿠키 레시피. AOL 멤버: 당신의 의견을 소중히 모십니다. 버락 오바마의 메시지. 모기지론 대출금을 싸게 상환할 수 있어요, 노라. 이젠 당신이 빚날 차례예요, 노라. 청구서들과 전투를 치러야 하지 않나요, 노라? 이베트가 친구 신청을 했습니다. AOL로는 충분한 관계를 만드는 데 실패할 수밖에 없다.

—

4단계 : 각성

살려줘요! 나 익사할 것 같아요. 지금 내 메일함에는 112통의 안 읽은 이메일이 있다. 나는 작가다. 만일 내가 직장인이었다면 대체 얼마나 많은 미확인 이메일들이 기다리고 있을지 상상해보라. 이메일 전부에 답장을 쓸 필요가 없다면 글 쓰는 시간이 얼마나 더 늘어날지 상상해보라. 나는 눈이 침침하다. 수근관 증후군도 살짝 앓고 있다. 매번 뭔가 쓰려고 할 때마다 이메일 아이콘이 컴퓨터 화면을 팔랑거리며 오가기 때문에, 급성 주의력결핍장애도 앓고 있다. 어쨌든 그 아이콘이 보이면 뭔가 괜찮거나 재미있는 내용이 온 게 있는지 체크해보지 않을 도리가 없다. 그런 메일은 오지 않았다. 또다시, 1초만에 아이콘이 팔랑거린다. 사실대로 인정하자면 전화로는 훨씬 오래 걸릴 내용을 이메일을 통해 몇 초 만에 끝낼 수 있는 건 맞다. 하지만 나한테 이메일을 보내는 이들의 거의 대부분은 내 전화번호를 모를 뿐더러 전화부터 바로 걸지 않을 사람들뿐이다. 지금 이 문단을 쓰는 짧은 시간 동안 3통의 이메일이 더 도착했다. 내 메일함에는 115통의 안 읽은 이메일이 담겨 있다. 또 왔다. 116통째. 나 익사 직전이다. 꼬르륵…….

–

5단계: 적응

네. 아니요. 못 해요. 절대 안 돼요. 어쩌면요. 안 될 것 같은데요. 미안해요. 정말 미안해요. 고마워요. 괜찮아요. 그때 집에 없어요. 부재중. 한 달 뒤에 연락 주세요. 가을에 연락 주세요. 1년 뒤에 연락 주세요. NoraE@aol.com은 이제 NoraE81082@gmail.com로 바뀌었다.

—

6단계 : 사망

그냥 전화해.

내게는 수많은 실패작들이 있다

실패작

내게는 수많은 실패작이 있다.

나는 완벽하게 실패한 영화들을 만들었다.

완벽하게 실패했다는 건, 혹평을 받았고 흥행에서도 망했다는 뜻이다.

부분적인 실패작들도 있다. 평은 좋았지만 돈은 못 번 영화들이다.

히트작들도 만들었다.

내 영화가 히트 하는 건 정말 기분 좋은 일이다. 히트는 어디에도 비할 바 없는 것이다.

실패작을 만들었다는 건 끔찍한 일이다. 고통스럽고 굴욕적이다. 고독하고 슬프다.

실패작 중 몇몇 작품은 후에 컬트적인 인기를 모으기도 했다. 이는 실패작에 바랄 수 있는 마지막 희망 사항이기도 하다. 하지만 대부분의 실패작은 그냥 실패작으로 남았다.

실패작들은 히트작이라면 절대 그러지 않을 방식으로 나에게 들러붙는다. 실패작들은 나를 고문한다. 나는 잠을 못 이루고 뒤척인다. 영화를 다시 재생해본다. 다른 배우들을 캐스팅해본다. 재편집해본다. 시나리오를 다시 써본다. 다시 한번 상영해본다. 무수한 '이렇게 했으면 어땠을까?'와 무수한 '이렇게 했으면 좋았을 텐데.' 사이에서 방황하게 된다. 비난할 만한 대상을 찾아 헤매게 된다.

시나리오만 쓸 때와 달리, 영화 연출을 맡게 되면 좋은 점이 하나 있다. 비난의 대상이 누군지 헷갈리지 않는다는 사실이다. 모든 게 나 때문이다. 하지만 감독이 되기 전 시나리오만 쓸 때에는 사방팔방으로 비난의 화살을 돌릴 수 있었다. 시나리오 작가였을 때 잘 안 풀린 영화가 한 편 있다. 내 생각에 그렇다는 거다. 당신은 이 영화를 봤을지도 모른다. 심지어 좋아하는 영화일 수도 있다. 하지만 개봉 당시 그 영화는 실패했다. 미국 전역의 매체를 통틀어 단 한 군데에만 호평이 실렸고, 그나마도 무거운 돌덩이처럼 깊이 가라앉아버렸다.

몇 년 동안 대체 내가 뭘 잘못했는지, 어떻게 했어야 했는지 알아내려고 노력했다. 감독에게 뭐라고 말했어야 좋았을까? 시나리오 초고, 그러니까 보이스오버(누군가의 말소리가 들리지만 화면에는 말하는 주체가 보이지 않게 하는 연출 기법—옮긴이)가 곁들여졌던 최상의 초고를 바꾸지 못하도록 투쟁하려면 어떻게 했어야 했을까? 감독이 그 웃기는 집 안 시퀀스를 삽입하려 들거나 혹은 정말 재미있는 회상 장면을 잘라내려고 할 때 막으려면 어떻게 했어야 좋을까? 음, 그런데 진짜 재미있긴 했던가?

나는 몇 년 동안 이 모든 걸 계속 마음속에 담아두었다. 그리고 어느 날, 그 영화의 편집자였던 동료와 점심 식사를 하게 됐다. 나는 막 연출 데뷔작을 찍으려던 참이었기 때문에 그에게 조언을 구했다. 어느 시점에 예전의 실패작으로 대화의 방향이 흘러갔다. 그 사람이 그 화제를 꺼낸 게 틀림없다. 나는 그 화제를 절대로 입에 올리려 하지 않았다. 실패하고 나면 이렇게 된다. 시간이 지난 다음에도 그 얘기를 꺼낼 수가 없다. 너무 고통스럽기 때문이다. 하지만 편집자는 그때

더 이상 뭘 할 수 없었을 거라고 확신해주었다. 그의 말에 따르면, 문제는 배우들이었다. 그 말을 듣고 잠깐 동안은 진정되었다. 영화가 왜 잘 안 풀렸는가라는 수수께끼에 관해 최소한의 답이라도 제시해준 것이었다. 문제는 잘못된 캐스팅이었다. 물론이다. 내 잘못이 아니었다. 마음이 놓였다.

오랫동안 그 이론으로 내 기분을 달랬다. 그리고 최근에 그 영화를 다시 볼 기회가 생겼다. 그제야 왜 실패했는지를 깨달았다. 배우들에게는 아무 문제가 없었다. 문제는 시나리오였다. 시나리오가 별로였다. 재미있지도, 예리하지도 않았다. 결국 내 잘못이었다.

그나저나 영화가 호평받지 못했을 때 바랄 수 있는 또 하나의 희망이라면, 중요한 위치에 있는 어느 평론가가 뒤늦게 그 영화를 포용하면서 처음부터 영화의 장점을 알아보지 못한 다른 평론가들을 공격해주는 것이다. 두 가지 이유에서 그러하다. 첫째, 실패작을 만든 다음 내가 얼마나 심각하게 불쌍해졌는지 깨달았기 때문이다. 둘째, 놀랍게도 내가 각본을 썼던 영화「제2의 연인」에 그런 만회의 기회가 주어졌기 때문이다. 「제2의 연인」은 개봉 당시 실패작으로 분류됐다. 1년 뒤, 《뉴욕 타임스》의 유명한 영화평론가 빈센트 캔비가 뒤

늦게 그 영화를 관람한 후 작은 걸작이라고 칭송하는 글을 썼다. 캔비가 정확하게 저 단어를 사용한 건 아니지만 비슷했다. 그는 다른 평론가들이 이 영화의 장점을 알아보지 못했다는 것이 의아하다고도 썼다. 하지만 이건 달갑지 않은 위안에 불과하다. 영화 개봉 당시 캔비가 그런 호평을 써주었다면 상황이 달라지지 않았을까 하고 끊임없이 자문할 수밖에 없기 때문이다. 「제2의 연인」이 더 많은 티켓을 팔 수 있었을 거라고 주장하려는 건 아니다. 다만 《뉴욕 타임스》에 실리는 호평은 충격을 완화해주는 효과가 있다.

실패작에 대한 가장 슬픈 사실 중 하나는, 영화 자체가 나중에 제대로 재평가되거나 부분적인 명예 회복을 하더라도, 영화를 만든 나 자신은 처음의 경험 때문에 멍들고 깨진 채로 남아 있다는 점이다. 최악의 경우, 개봉 당시 이 영화를 별로 좋아하지 않았던 그 관객층에게 동조하게 된다. 그럼으로써 내 자식을 버리는 것과 다름없는데도 그들과 의견을 같이하게 된다.

영화 업계에 몸담지 않은 사람들은 언제나, 관계자들은 이 영화가 잘 안 될 거라는 걸 미리 알지 않느냐고 궁금해한다. 그들은 묻곤 한다. "몰랐단 말이야?", "어떻게 그런 걸 모를 수가 있어?" 내 경험상, 진짜 모른다. 시나리오를 쓰느라 온갖 노력을 기울였기 때문에 진짜로 모른다. 배우들도 너무 좋고, 스태프들도 사랑스럽다. 200~300명의 사람들이 황야에서 나만 보고 따라온다. 나의 요청으로 그들은 인생 중 6개월이나 1년 정도를 이 영화에 바친다. 이건 나의 파티이고, 내가 주최자다. 현장에서 더 좋은 음식을 제공하기 위해 싸우기도 했고, 위스콘신주에서 냉동 커스터드를 공수해오기도 했다. 그리고 모두가 정말 멋진 시간을 보냈다.

영화를 찍을 때 스태프들이 완전히 발작적으로 웃어대고 사운드 담당자가 세상에서 제일 웃긴 영화라고 되풀이해서 칭찬할 때, 영화에 뭔가 문제가 있다는 뜻이라는 걸 이제는 안다.

그런 상황이 처음 생겼을 때는 전혀 몰랐다. 스태프들은 영화를 사랑했다. 하지만 스태프들은 관계자다. 촬영할 때 카메라 오퍼레이터와 포커스 담당 보조 카메라맨은 웃음을 참기 위해 입 안에 크리넥스 휴지를 쑤셔 넣었다. 그러고 나서 영화를 편집했는데 시사회 때 혹평을 들었다. 좀 더 기탄없이 말해보겠다. 다수의 코미디 영화가 그렇듯, 관객들은 영화 속 농담에 웃음을 터뜨리긴 했지만, 그 영화를 좋아하진 않았다.

이 순간 내가 실패를 향해 나아가고 있다는 걸 알았어야 하는데, 그러지 못했다. 영화를 좀 손볼 수 있을 거라고 믿었다. 어쨌든 사람들이 웃지 않았던가. 뭔가 있긴 있는 거다. 시사회 때 혹평을 받고 수정했던 영화들도 많지 않은가. 실제로 그런 사례도 있다. 「위험한 정사」가 그 한 예다. 내 영화는 당신이 아는 「위험한 정사」와 닮은 데라고는 거의 없었지만. 어쨌든 희망을 주는 얘기 아닌가.

그래서 재편집하고 재촬영한다.

시사회 반응은 여전히 좋지 않다.

이 시점에서 실패했다는 걸 확실히 알아야 한다. 그걸 모른다면 정말 바보다.

하지만 유감스럽게도 여전히 모른다. 희망이 있기 때문이다. 희망에 맞서는 희망. 평론가들은 이 영화를 좋아할 거라고 희망한다. 매체의 호평이 영화를 살릴지도 모른다. 스튜디오 측에서 관객들에게 무슨 내용인지 미리 알려주는 예고편을 만들 거라고 희망한다. 마케팅 담당자들과 몇 시간씩 통화한다. 예상 수치를 걱정한다. 시사회 반응은 중요하지 않다고 스스로 위로하지만 실제로는 중요하다. 정말 정말 중요하다. 특히 상업영화를 만들 땐 정말 중요하다.

영화는 개봉하고, 결과는 불 보듯 뻔하다. 혹평이 쏟아지고 극장은 텅텅 빈다. 어쩌면 앞으로 다시는 일을 못할지도 모른다. 아무도 내게 전화하지 않고, 그 영화에 대해 언급하지 않는다.

하지만 시간이 흐르고 인생도 계속된다. 차기작을 만들 수 있는 행운을 잡는다.

그래도 실패작은 거기 남아 있다. 지난 삶의 역사 속에, 난폭하고 강력한 힘을 빨아들이는 자기장을 거느린 블랙홀처럼.

한편으로 실패의 장점을 설파하는 사람들이 있다. 그들은 실패를 통한 성공에 대해, 실패의 힘에 대해 책을 쓴다. 그들은 실패가 성장의 경험이었고, 실패로부터 뭔가 배울 수 있다고 한다. 그 말이 맞길 바란다. 내가 보기에 실패로부터 배울 수 있는 가장 큰 교훈은, 앞으로도 언제든 또 다른 실패를 겪을 수 있다는 것을 알게 된다는 사실이다.

나의 최대 실패작은 어떤 희곡 작품이다. 소위 엇갈린 평을 받은 작품인데, 그 말인즉슨 좋은 평을 받긴 받았으나 《뉴욕 타임스》로부터는 혹평을 들었다는 뜻이다. 몇 달 동안 그럭저럭 버텼지만 그 후에 완전히 망했다. 투자금을 몽땅 날렸다. 내가 쓴 것 중 최고의 작품이었기 때문에 특히나 가슴이 찢어지는 경험이었다. 지금도 그 작품을 1분 이상 떠올릴 때면 나는 울음을 터뜨리고 만다.

다른 실패한 희곡이 더 있긴 하지만, 어쨌든 그 희곡들은 극단의 공연 목록에서 살아남았고 아마추어 극단들도 공연하곤 한다. 하지만 그 작품은 그렇지 않다. 아무도, 어디에서도 무대에 올리지 않는다.

당신은 이 작품에 뭔가 희망적인 조짐이 보일 거라는 생각을 포기해야 한다고 충고하고 싶을지도 모르겠다. 하지만 난 포기하지 않는다. 가끔씩 이런 몽상을 한다. 내가 죽어갈 때, 그 작품을 부활시킬 만한 위치에 있는 누군가가 침상에 다가와 작별 인사를 던질 때 내가 이렇게 말하는 거다. "마지막으로 부탁 하나만 들어주시겠어요?" 그 사람은 동의한다. 다른 어떤 말을 할 수 있겠는가? 사람이 죽어가고 있는데. 나는 덧붙인다. "제 희곡을 다시 무대에 올려주시겠어요?"

너무 애처롭지 않은가.

크리스마스 만찬

우리는 전통적인 크리스마스 만찬을 한다. 22년 동안 줄곧 그래왔다. 14명의 사람들, 그러니까 8명의 어른과 6명의 아이들이 크리스마스가 있는 주에 짐과 피비네 집으로 모여든다. 1년에 단 하룻밤, 우리는 가족이 된다. 일시적이나마 유쾌한 가족, 친구들의 가족이 된다. 적당한 선물을 주고받고, 다가올 신년에 어떤 일이 일어날지 예상해본 다음 함께 식사를 한다.

우리는 각자 맡은 몫이 있다. 매기는 애피타이저를 담당한다. 애피타이저를 할당받은 사람들이 대부분 그러하듯, 매기 역시 요리에는 취미가 없다. 그 대신 애피타이저를 선택하고 구입하는 데 있어서는 누구보다 뛰어난 재능을 보인다. 짐과 피비는 자기들의 집에서 파티를 여는 만큼 메인 코스를 준비한다. 올해는 칠면조 요리를 내놓겠다고 했다. 루시와 나는 언제나 디저트 담당이다. 루시의 특기는 근사한 빵 푸딩이다. 나로 말할 것 같으면 디저트를 한 가지만 준비한 적이 없다. 대개 세 가지 디저트를 만든다. 초콜릿 종류(초콜릿 크림 파이 같은 것), 과일 파이(타르트 타탱 같은 것), 그리고 나 말고는 아무도 손대지 않는 자두 푸딩. 나는 크리스마스 만찬용 디저트를 만드는 걸 정말 좋아한다. 나의 디저트는 최고의 맛이라고 언제나 믿어 의심치 않았다. 하지만 모든 것이 망쳐진 지금 지난 22년간의 크리스마스 파티를 돌이켜보건대, 사람들이 진심으로 환호하며 먹었던 디저트는 루시의 빵 푸딩뿐이었다. 아무도 내가 준비한 디저트에 대해 칭찬 비슷한 말도 건네지 않았다. 어떻게 그 긴 세월 동안 이 간단한 진실을 깨닫지 못한 채 식탁에 계속 앉아 있었는지, 이 추억담에서 가장 수수께끼 같은 사실 중 하나다.

약 1년 전 어느 날, 루시가 죽었다. 루시는 나의 베스트 프렌드였다. 매기와 피비의 베스트 프렌드이기도 했다. 우리 모두는 망연자실했다. 루시가 죽고 나서 한 달 뒤, 우리는 또다시 우리만의 크리스마스 만찬을 준

내게는 수많은 실패작들이 있다

비해야 했다. 하지만 루시가 없기 때문에 모든 것이 예전 같지 않았다. 삶은 예전 같지 않았고, 크리스마스 만찬도 예전 같지 않았고, 루시의 빵 푸딩(루시의 레시피를 따라 내가 만들어 갔다.)도 예전 같지 않았다. 올해의 크리스마스 만찬을 언제 열 것인지 논의를 시작했을 때, 나는 피비에게 루시의 빵 푸딩을 다시 만들지 않겠노라고 선언했다. 루시의 죽음으로 이미 속이 많이 상했는데, 빵 푸딩을 직접 만들면서 훨씬 더 마음 아팠기 때문이다.

논의 끝에 만찬 날짜를 정했다. 그런데 루시의 남편 스탠리는 참석하지 않겠다고 통보했다. 슬픔을 견딜 수 없을 것 같다고 했다. 피비는 대신 다른 가족을 초청하자고 생각했고, 월터와 프리실라 부부와 그 아이들에게 의사를 물었다. 월터와 프리실라는 우리 모두의 좋은 벗이지만, 프리실라가 4년 전 뉴욕 생활을 더 이상 못 견디겠다며 아이들과 함께 영국으로 떠나버렸다. 프리실라는 영국인이니까 뉴욕보다 영국을 더 좋아할 자격이 있다. 하지만 지금까지도 그 사실 때문에 개인적으로 마음 상한 건 어쩔 수 없다. 프리실라와 아이들은 크리스마스를 맞이하여 월터와 함께 맨해튼으로 오겠노라며 기꺼이 초대를 받아들였다. 며칠 뒤

피비는 내게 전화를 걸어, 프리실라에게 디저트를 하나 준비해달라고 했다는 말을 전했다. 나는 벼락 맞은 것처럼 충격받았다. 나는 디저트 담당이다. 나는 디저트 만드는 걸 사랑한다. 나는 최고의 디저트를 만든다. 프리실라는 디저트 만드는 걸 혐오한다. 프리실라가 만들어본 디저트라고는 트라이플(스펀지 케이크와 과일 주스, 휘핑 크림, 과일, 커스터드 크림을 겹겹으로 쌓아 올린 디저트—옮긴이)밖에 없고, 그걸 우리에게 대접했을 때에도 본인은 트라이플을 싫어한다면서 입도 대지 않았다.

나는 피비에게 말했다. "하지만 프리실라는 트라이플을 만들 거잖아."

피비가 대꾸했다. "트라이플 안 만들 거야."

"어떻게 알아?"

"트라이플 가져오지 말라고 할 거야. 그런데 너 감자 샐러드는 잘 만드니?"

"당연하지."

"그럼 감자 샐러드도 좀 부탁할게. 나랑 짐은 그걸 성공해본 역사가 없어."

"알았어."

크리스마스 만찬 때 무슨 디저트를 만들까 고민하는 동안 며칠이 흘렀다. 새로 나온 마사 스튜어트의 제

내게는 수많은 실패작들이 있다

빵책을 읽다가 체리 파이 레시피를 발견했다. 나는 컴퓨터 앞에 앉아 위스콘신에서 파이용 체리를 주문했고, 나밖에 안 먹을 자두 푸딩에 들어갈 내용물들도 구입했다. 그리고 페퍼민트 파이를 만들면 어떨까 생각했다. 충격적인 일이 터진 건 그다음이었다. 피비가 이메일을 보냈는데, 나는 감자 샐러드 담당이니까 프리실라에게 디저트를 전부 준비하라고 부탁했다는 내용이었다. 믿을 수가 없었다. 디저트에서 나를 떼어내 감자 샐러드로 좌천시키다니? 전설적인 유명 요리사인 나를? 어떻게 이런 일이 일어날 수 있지? 피비가 나를 디저트에서 멀어지게 하려고 루시의 죽음을 이용하는 게 아닌가 하는 의심이 스쳐 지나갔다. 어쩌면 몇 년 동안 계속 계획을 세우고 있었는지도 몰라. 이러다간 매기를 대신해 애피타이저 담당으로 밀려나는 건 시간문제일 수도 있겠어. 그럼 매기는 틀림없이 땅콩 믹스나 책임져야겠지.

나의 자아상에 불어닥친 이 회오리바람을 심사숙고하기 위해 우선 목욕을 했다.

욕조에서 나온 다음 피비에게 답장을 썼다. "**뭐라고?**" 딱 한 단어만 썼다. 간단명료하면서도 의미가 분명하며 피비의 주의를 집중시킬 만한 이메일이라고 자부했다.

　몇 분 뒤 전화벨이 울렸다. 피비였다. 그녀는 내 이메일에 대해서는 아예 언급조차 하지 않았다.

　"말도 안 돼. 방금 영국에 있는 프리실라한테 이메일을 받았는데, 글쎄 디저트를 안 만들겠다잖아. 대신에 월터가 런던에 가서 민스 파이(다진 고기와 과일, 계피, 땅콩 등을 섞어 구운 파이—옮긴이)를 사오겠대. 그걸 뉴욕까지 들고 온다는 거야. 난 민스 파이 싫어. 정말 정말 싫어. 너도 예전에 민스 파이 만들었다가 아무도 안 건드린 적 있지 않니?"

　"그건 건포도 파이였어. 그리고 난 맛있게 먹었어."

　피비가 한숨을 쉬었다. "민스 파이라니! 대체 누가 민스 파이를 먹겠어?"

　"그럼 어떻게 할 건데?"

　"이미 처리했어. 답장 썼어. 민스 파이는 재고의 여지가 없다, 그 대신 엘리스 가게에서 율로그 케이크(설탕과 초콜릿, 버터 등을 입힌 통나무 모양의 롤케이크—옮긴이)랑 코코넛 케이크 주문해서 배달시키라고 했어. 민스 파이라니, 웩."

　내가 말했다. "말도 안 돼. 지금 우리는 지구상에서 제일 잔인한 여자 얘기를 하고 있는 거구나."

"누구?"

"너 말이야. 왜 내가 디저트를 준비하면 안 돼? 난 디저트 만드는 거 좋아한단 말이야. 작년에도 내 페퍼민트 파이를 다들 맛있게 먹었잖아."

"나도 그 파이는 기억해."

나는 피비에게 털어놓았다. "올해는 위스콘신에서 체리까지 주문했다고. 배송비만 52달러야."

"만들고 싶으면 만들어 와."

"하지만 민스 파이랑 율로그 케이크가 있다면 다른 디저트는 필요 없는 거잖아."

피비가 말했다. "코코넛 케이크도 있지. 코코넛 케이크를 먹게 될 거야. 하지만 다른 디저트를 원하면 만들어 와."

전화를 끊었다. 현기증이 났다. 설상가상으로 나는 이미 마트에 가서 페퍼민트 파이에 들어갈 페퍼민트 스틱 아이스크림을 4파인트(약 1.8리터)나 샀다. 이제 와서 페퍼민트 파이를 굳이 만든다면, 내가 눈치 없기로는 둘째가라면 서러울 세계 챔피언이라는 사실을 굳이 입증해 보이는 것 외에는 아무것도 아닐 것이다. 서서 이런 생각을 하고 있으려니 갑자기 루시가 너무나도 그리워졌다. 루시가 살아 있었다면 이런 일은 생기지 않았을 것이다. 그녀는 접착제 같은 역할을 했다. 루시야말로 우리가 한 가족이라는 환상을 심어줄 수 있는 존재였다. 그녀가 우리 모두에게 사랑을 베푸는 어머니 역할을 했기 때문에 우리 역시 서로 사랑할 수 있었다. 그녀는 크리스마스의 본질 그 자체였다. 이제 우리는 서로를 물어뜯으려 안달하는 형제자매일 뿐이었다. 루시가 숨을 거둔 다음 우리들의 가장 나쁜 모습이 드러나기 시작했다.

컴퓨터 앞에 앉아 우리 모두가 함께한 마지막 크리스마스 사진을 열었다. 우리는 한자리에 서로 겹쳐 앉아 너무나 행복한 모습으로 사진을 찍었다. 루시가 거기 있었다. 세상에서 가장 아름다운 미소를 지으면서.

다음 날 월터에게 전화가 왔다. 민스 파이 열네 개를 들고 뉴욕에 막 도착했다고, 크리스마스 파티에서 이걸 나눠 먹기 위해 온갖 산전수전을 겪었다고 했다. 월터가 말했다. "난 민스 파이를 정말 좋아해. 민스 파이가 없으면 크리스마스 기분이 안 난단 말이야."

무슨 기분인지 나도 안다.

—

루시의 브레드 앤드 버터 푸딩 레시피

큰 달걀 5개

달걀노른자 4개

백설탕 1컵

소금 $1/4$티스푼

전유 1쿼트(약 0.9리터)

유지방 함유량이 높은 크림 1컵, 서빙용 추가로 1컵

바닐라 익스트랙 1티스푼

0.5인치(약 1.3센티미터) 두께의 브리오슈 12조각,

껍질을 다 떼어내고 한쪽 면에 버터를 듬뿍 바른 것

슈가 파우더 $1/2$컵

섭씨 190도에 맞춰놓고 오븐을 예열한다. 2쿼트(약
1.8리터)짜리 베이킹 접시에 버터를 얇게 두른다.

달걀과 달걀노른자, 백설탕, 소금이 완전히 섞여들
때까지 부드럽게 휘젓는다.

소스팬에 우유와 크림을 붓고 아주 뜨거운 온도에
서 데운다. 끓이지는 마라. 살짝 건드렸을 때 기포가
튀어 오르거나 지글지글 소리를 내기 시작하면, 불에

서 내린 다음 바닐라 익스트랙을 섞은 뒤, 앞서 만든 노른자 혼합물에 붓고 갈색이 될 때까지 **부드럽게 젓는다**. 세게 휘저으면 안 된다.

버터를 바른 쪽을 위로 해서 빵을 예열했던 접시에 살짝 겹쳐서 얹어놓고, 그 위에 노른자 혼합물을 붓는다. 접시보다 큰 팬에 세팅한 뒤, 뜨거운 물을 접시의 절반 정도까지 붓고 빵이 노란빛을 띤 갈색이 될 때까지 굽는다. 45분 정도 굽고 나면 칼이 빵 속으로 매끄럽게 들어가 깨끗하게 자를 수 있다. 빵이 황금빛이 나고 푸딩이 잘 부풀었으면 다 된 거다. 아침나절에 전부 끝낼 수 있다. 냉장하면 안 된다.

사람들에게 대접하기 전에 슈가 파우더를 뿌리고 오븐 그릴 아래쪽에 갖다 둔다. 딴 데 가지 말고 옆에서 지켜보아야 한다. 1분 정도면 충분하다. 아니면 크렘 브륄레(달걀노른자로 만든 커스터드 크림과 바닐라, 설탕을 섞고 그 위에 불을 쪼여 표면을 캐러멜처럼 굳혀 만든 디저트—옮긴이)를 만들 때 쓰는 토치를 이용해서 푸딩 표면의 설탕을 그을릴 수도 있다.

유지가 듬뿍 들어간 크림을 단지에 가득 담아 함께 내놓는다.

이혼

  기나긴 삶을 통틀어 나에 대한 가장 중요한 사항은, 내가 이혼했다는 점이다. 이후 이혼한 상태로 계속 있지 않고 재혼했음에도 불구하고, 이건 사실이다. 지금의 세 번째 남편과는 22년 이상 해로하고 있다. 하지만 전 남편과의 사이에서 낳은 아이를 키우고 있다면, 이혼은 모든 것을 규정짓는다. 뇌라는 파이 속에 끼어들어간 분노 한 조각처럼, 그렇게 잠복해 있다.

  물론 법적으로 아무 문제가 없고, 심지어 우정을 유지한 채 진행되는 괜찮은 이혼도 있다. 양육비는 꼬박꼬박 도착하고 방문은 정해진 날짜에 맞춰 이뤄진다. 전 남편은 현관에서 벨을 누른 다음 문간 한쪽에

서서 기다린다. 노크도 안 하고 들어온다거나, 혼자서 알아서 커피를 타 마시는 일은 절대 없다. 다음 번 생에선 나도 그런 이혼 좀 해봐야겠다.

이혼의 장점이라면, 때때로 그다음 남편에게 훨씬 좋은 아내가 될 수 있는 가능성을 제공한다는 사실이다. 분노를 쏟을 대상이 이미 존재하기 때문에 지금 함께 사는 사람에게로 분노가 향하지 않는다.

또 다른 장점이라면, 결혼 생활 때문에 모호해졌던 어떤 사실을 명확하게 알려준다는 점이다. 바로 사람은 혼자 힘으로 살아야 한다는 사실이다. 한밤중에 일어나서 한바탕 벌이는 권력 투쟁 같은 건 없다. 모든 것을 스스로 책임져야 한다.

하지만 아이들 문제에 이르면 이혼의 장점이라는 것은 찾아볼 수 없다. 남들을 속일 수는 있어도 자기 자신을 속일 수는 없다. 사람들은 흔히 아이들이 부모의 불행한 결혼 생활을 견디면서 크는 게 더 나쁘다고들 한다. 하지만 부모가 서로를 때리거나 아이들을 학대하지만 않는다면, 부모가 함께 있는 편이 아이들에게는 더 좋다. 두 집을 왕복하면서 살기엔 아이들이 너무 어리다. 서로를 세상에서 가장 사랑했던 두 사람이 이제는 더 이상 사랑하지 않는다고 선언하는 상황

내게는 수많은 실패작들이 있다

을 받아들이기에는, 정말로 엄마와 아빠가 서로에 대한 사랑이 식었다 할지라도 그걸 받아들이기에는 아이들은 너무 어리다. 아이들은 너무 어려서, 어떤 간절한 기도로도 부모를 재결합시킬 수 없다는 걸 이해하지 못한다. 이혼한 부모의 공동 친권이라는, 새로운 유형의 헛소리마저 냉랭한 현실을 완화해주지 못한다. 이혼 가정의 아이는 부모 한쪽을 만나기 위해 다른 한쪽의 집 문간을 나서야만 한다.

최선의 이혼은 아이가 없을 때 가능하다. 나의 첫 번째 이혼이 그런 경우였다. 나는 문을 걸어 나와 다시는 뒤돌아보지 않았다. 우리는 고양이를 길렀는데 나는 그 고양이들에게 미칠 듯한 애착을 느끼고 있었다. 남편과 나는 고양이 같은 목소리로 말을 주고받곤 했다. 하지만 일단 결혼이 끝장나자, 나는 두 번 다시 그 고양이들을 떠올리지 않게 되었다. (고양이를 햄스터로 바꿔서 소설에 등장시킬 때까지는 그랬다.)

첫 남편과 이혼하기 몇 달 전, 나는 배우 로드 스타이거와 클레어 블룸의 근사한 결혼 생활을 취재해달라는 청탁을 받았다. 그래서 그들이 사는 5번가 아파트로 찾아갔는데 두 사람은 각자 따로 인터뷰하겠노라고 주장했다. 이건 분명 어떤 단서가 될 수 있었지만, 나는 눈치가 없었다. 사실 돌이켜보면 나는 쉰 살이 될 때까지도 눈치가 없었다. 어쨌든, 나는 각자의 방에서 두 사람을 따로 인터뷰했다. 그들은 무척 행복해 보였다. 나는 기사를 썼고 잡지사에 제출해서 오케이 사인을 받았다. 잡지사에서는 수표를 보내왔고 나는 그걸 현금으로 바꿨다. 그다음 날, 로드 스타이거와 클레어 블룸의 이혼 발표가 들려왔다. 나는 아연실색했다. 그 사람들은 왜 나한테 말해주지 않았지? 이혼을 준비하고 있었으면서 결혼 생활 인터뷰는 왜 그대로 진행했던 걸까?

하지만 내가 이혼 서류에 도장을 찍은 뒤 일주일이 지났을 때, 사진기자가 나의 예전 아파트 문 앞에 나타났다. 우리 집 주방에 관한 기사에 들어갈 부부 사진을 찍기 위해서였다. 물론 나는 거기 없었다. 벌써 그 집을 나왔으니까. 설상가상으로 나는 그 약속을 잊어버리고 있었다. 담당 기자는 내가 약속을 기억 못 했다는 사실에, 자신에게 미리 전화해서 말해주지 않았다는 사실에 격노했다. 또 이혼을 계획하고 있으면서도 우리 부부의 주방에 대한 인터뷰를 하겠다고 동의했다는 사실에도 여지없이 화를 냈다. 하지만 이혼하게 되리라는 걸 항상 알고 있는 사람은 없다. 몇 년 동안 결혼 생활을 유지해왔는데 어느 날, 이혼 생각이 머릿속에 스며든다. 한참 동안 머리에서 그 생각이 떠나질 않는다. 점점 그쪽으로 기울다가 다시 마음을 고쳐먹는다. 목록을 작성해본다. 돈이 얼마나 들지 계산해본다. 불만 사항과 플러스, 마이너스 요소들을 합해본다. 불륜을 저지른다. 정신과 의사에게 상담을 요청한다. 부부가 모두 정신과 의사를 찾아간다. 그리고 마침내 결혼이 종말을 맞는 건, 이미 일어난 것보다 더 나쁜 사건이 특별하게 터졌기 때문이 아니다. 그저 아파트를 알아보다가 갑자기 적당한 곳을 발견했거나 혹은 아버지가 예상치 못하게 3000달러를 건네줬기 때문이다.

이 글의 문맥을 벗어나지 않겠다. 나의 첫 번째 결혼은 1970년대 초반, 여성운동이 절정에 달했을 때 끝장났다. 그 시기에 카툰 작가 줄스 파이퍼는 자기 자신을 찾아 미친 듯이 춤추고 다니는 젊은 여성들을 카툰에 등장시켰는데 우리 모습이 딱 그랬다. 우리는 모든 것을 너무 심각하게 받아들였다. 우리는 집안일을 훨씬 공평한 방식으로 분배할 것을 약조하는 계약서를 작성했다. 우리는 의식화 모임에 참석하여 둥글게 앉아 서로를 질투하지 않는 척했다. 개인적인 것이 정치적인 것이라 주장하는 소책자들을 함께 읽었다. 개인

적인 것이 정치적인 건 맞다. 다만 우리가 믿고 싶어
했던 만큼은 아니었을 뿐이다.

그러나 우리 결혼 생활의 가장 큰 문제는, 남편이
집안일을 분담하지 않는다는 게 아니었다. 우리는 믿
을 수 없을 만큼 예민한 여성들이었고 남편들은 그런
우리를 매우 짜증나게 했다는 사실이다.

내가 참석했던 의식화 모임에서 기억나는 장면이
하나 있다. 어떤 여성은 남편이 생일 선물로 프라이팬
을 사줬다는 이유로 울음을 터뜨렸다.

어쨌든 그녀는 이혼하지 않았다.

나머지 우리는 이혼했다.

우리는 아무도 이혼하지 않는 시대에 성장해서는
갑자기 모두가 이혼하기 시작했다.

나의 두 번째 결혼은 최악의 이혼으로 끝났다. 아
이가 둘 있었다. 그중 한 명은 갓 태어난 상태였다. 남
편은 다른 여성과 사랑에 빠졌다. 나는 임신 중일 때
그의 불륜을 알게 되었다. 그날 나는 뉴욕에 가서 작가
겸 프로듀서 제이 프레슨 앨런과 미팅을 가졌다. 나는
라구아디아 공항으로 가서 이스턴 셔틀을 타고 워싱턴
으로 돌아가려던 참이었다. 그때 그녀는 근처에 굴러

다니던 시나리오를 건넸다. 프레더릭 라파엘이라는 영국 작가의 시나리오였다. "읽어봐. 당신 맘에 들 거야."

비행기 안에서 시나리오를 펼쳤다. 어떤 디너 파티에 참석한 부부의 모습으로 시작했다. 이름은 정확히 기억나지 않지만, 편의상 클라이브와 라비니아라고 부르자. 디너 파티는 매우 고상한 분위기로, 모인 사람들은 모두 똑똑하고 예민하며 서로 재기 넘치는 대화를 나누고 있다. 클라이브와 라비니아는 그중에서도 남다르게 똑똑한 커플이다. 그들은 매력적으로 장난스럽게 서로를 가볍게 놀려댄다. 파티장 안의 사람들이 모두 이 부부에게, 이들의 결혼 생활에 찬사를 보낸다. 손님들이 식탁에 둘러앉고 수다는 계속된다. 식사 도중, 라비니아 옆에 앉은 남자가 그녀의 다리 위에 손을 얹는다. 그녀는 남자의 손을 담뱃불로 지진다. 재기발랄한 대화가 이어진다. 식사가 끝나고 클라이브와 라비니아는 차를 타고 집으로 향한다. 대화는 중지되고, 그들은 완벽한 침묵을 지키며 운전만 한다. 그들은 서로에게 할 말이 한마디도 없다. 라비니아가 침묵을 깬다. "그래, 그 여자는 누구야?"

시나리오 8쪽에 나온 장면이다.

나는 시나리오를 덮었다. 숨을 쉴 수가 없었다. 그

순간 나는 남편이 불륜을 저질렀다는 걸 깨달았다. 비행시간 내내 얼어붙은 듯 가만히 앉아 있었다. 비행기가 착륙한 뒤, 집으로 돌아와 곧장 남편의 서재로 향했다. 서랍 하나가 잠겨 있었다. 그럴 줄 알았다. 열쇠를 찾아내 서랍을 열었다. 거기에 증거가 있었다. 그 여자가 남편에게 선물한 동화책에는 두 사람의 영원한 사랑에 대한 놀랄 만큼 멍청한 헌사도 쓰여 있었다. 나는 이 상황을 소설 『제2의 연인(*Heartburn*)』에 다 써두었다. 그건 아주 재밌는 책이지만, 그 상황에 맞닥뜨린 당시에는 전혀 재밌지 않았다. 나는 슬픔으로 제정신이 아니었다. 내 심장은 부서졌다. 아이들과 나에게 어떤 일이 벌어질지 두려워서 견딜 수 없었다. 가장 가까운 사람에게 잔인하게 속아 넘어간 스스로가 바보 같았고 완벽한 굴욕감이 느껴졌다. 아이들 손을 잡고 코네티컷 같은 곳으로 떠나야만 했던, 정신과 의사들하고나 교류하다가 영영 소식이 끊겨버리는 그런 이혼녀 중 한 명이 되는 걸까 생각했다.

나는 극적으로 뛰쳐나갔다가 남편에게 약속을 받아낸 다음 다시 집으로 돌아왔다. 남편은 이런 패턴을 일상적으로 반복하기에 이르렀다. 거짓말, 거짓말, 더 많은 거짓말. 나는 끊임없이 감시했다. 아메리칸 익스

프레스 카드 청구서 우편물에 증기를 쐬어 몰래 열어 보았다. 친구들에게 비밀 유지를 다짐받고 털어놓았지만 친구들이 맹세를 지키지 않은 사실을 알게 되는 등, 그런 온갖 일들이 벌어졌다. 제임스 로빈슨 앤티크 상점이 보내온 수수께끼 같은 청구서도 있었다. 나는 그 상점에 전화를 걸어 남편의 비서인 척하며 청구서 내역을 정확히 알아야 처리할 수 있다고 했다. 남편이 구입한 물건은 겉면에 "진심으로 사랑해."라는 글귀가 적힌 앤티크 도자기함으로 밝혀졌다. 몇 년 전에 내게 선물했던, 겉면에 "오래도록 영원히"라는 글귀가 적힌 그 도자기함이 아니라는 건 확실했다. 이 모든 것이 과정의 일부임을 이해하시라고 이 모든 사항들을 적고 있는 거다. 남편이 배신했다는 것을 일단 알게 되면, 아내는 또 다른 증거를 찾아내기 위해 여기저기 지치지도 않고 끊임없이 파헤치게 된다. 결국 스스로 완전히 무너져서, 집에서 나가는 것 외에는 할 수 있는 게 아무것도 남지 않을 때까지.

두 번째 결혼이 끝났을 때 나는 분노했고, 상처받았으며, 충격에 휩싸였다.

물론 지금은 이런 생각을 한다.

내 생각에, 젊은 사람들이 신의를 지키는 건 쉽지

않은 일이다.

내 생각에, 그런 일은 일어날 수 있다.

내 생각에, 사람들은 부주의하고, 그게 그렇게 중요한 문제가 되는 것도 아니다. (앞에서 말했다시피 아이들 문제는 제외하고.)

그리고 나는 살아남았다. 나의 신념은 '**털고 일어나자.**'다. 나는 내 경험을 쾌활한 이야기에 녹여내어 소설을 썼다. 그 소설로 번 돈으로 집도 샀다.

하지만 그 사람을 용서할 순 없다. 은유법이 아니라 말 그대로 그는 나를 거의 죽일 뻔했기 때문이다.

사람들은 언제나 시간이 약이며 고통을 잊게 될 거라고 말한다. 이런 말은 출산할 때 듣는 상투어기도 하다. 엄마는 아이 낳을 때의 고통을 잊어버린다고들 한다. 나는 이 말에 동의할 수 없다. 나는 그 고통을 기억한다. 진짜 잊어버리는 건 사랑이다.

이혼의 여파는 영원히 지속될 것처럼 보이지만, 어느 날 갑자기 아이들이 성장하고 독립하고 자기의 삶을 꾸리면서, 가끔씩 분노가 치밀어오를 때 말고는 전 남편과 어떤 접촉도 끊기는 순간이 온다. 이혼은 결혼보다 더 오래 지속되지만, 결국엔 끝나고 만다.

그걸로 충분하다.

요점을 말하자면, 아주 오랫동안 내가 이혼했다는 전력이 나에 대한 아주 중요한 부분이었다는 거다.

그리고 이제는 아니다.

현재 나에 대해 가장 중요한 건 내가 늙었다는 사실이다.

나이 든다는 것

나는 늙었다.

나는 예순아홉 살이다.

물론 진정으로 늙은 건 아니다.

진정으로 늙은 나이는 여든이다.

하지만 젊은이가 보기에, 나는 틀림없이 늙었다.

누구도 자신이 늙었다는 걸 진심으로 인정하고 싶어 하지 않는다.

인정할 수 있는 선에서 최선의 표현은, 나이가 더 많다거나 많아 보인다는 것 정도다.

요즘 같은 피트니스 시대에는 머리카락을 염색하고 성형수술을 하면서 늙었다는 느낌이나 늘어 보인다는 느낌 없이 오랫동안 지낼 수도 있다.

하지만 어느 날 무릎이나 어깨가, 등이, 엉덩이가 신호를 보낸다. 뜨거웠던 불꽃은 이제 사그라진다. 몸이 시들어간다. 검버섯이 생긴다. 가슴 선은 이제 복숭아 씨앗 정도로 보인다. 팔꿈치가 비틀리며 앞쪽으로 돌아가면 거의 자살하고 싶어질 것이다. 키가 5센티미터 정도 줄어든다. 예전보다 4킬로그램은 더 쪘지만, 1킬로그램이라도 줄여서 마음을 달래는 일도 하기 어렵다. 손이 마음같이 움직여지지 않기 때문에, 병이나 단지 뚜껑을 쉽게 열지 못한다. 포장지도 쉽게 못 뜯는다. 특히 강화필름 포장지 속에 아예 녹아든 것처럼 보일 정도로 꽉 묶인 포장재들은 더욱 그렇다. 만일 외딴섬에서 꼼짝도 할 수 없는 처지가 되었는데 플라스틱 포장재로 단단히 포장된 음식들만 있다면, 꼼짝 없이 굶어 죽을 수밖에 없다. 아침마다 밥보다 약을 더 배불리 먹게 될 것이다.

그러면서 CT 촬영이나 MRI 등의 새로운 화제가 생긴다. 눈길 닿는 곳마다 암 환자들이 있다. 일주일에 한 번은 나쁜 소식이 들려온다. 한 달에 한 번은 장례식에 가게 된다. 가까운 친구들을 잃는다. 노화 과정의 최악의 진실 중 하나는 죽은 친구들을 누구로도 대체

할 수 없다는 사실이다. 하루에 6킬로미터씩 뛰고 견과류와 딸기류만 먹던 사람들도 갑자기 죽는다. 하루에 위스키를 4리터씩 들이키고 담배를 두 갑씩 피우던 사람들도 갑자기 죽는다. 당신은 하루아침에 추첨 게임의 기로에 놓인다. 궁극적인 기회의 게임. 언젠가 당신의 운도 다할 것이다. 모두가 죽는다. 그에 대해 우리가 할 수 있는 건 없다. 하루에 아몬드를 6개씩 먹든 안 먹든, 신을 믿든 안 믿든. (신에 대한 믿음이 무척 편리하다는 데에는 의문의 여지가 없다. 정해진 계획이 있으며 모든 것에 이유가 있다는 생각은 굉장한 안도를 줄 것이다. 다만 내가 그것을 믿지 않을 뿐이다. 친구 중 누군가가 "모든 것에는 다 이유가 있어." 라고 할 때마다 한 대 때려주고 싶다.)

어떤 시점에 이르면 나는 그냥 늙었거나, 나이를 좀 더 먹었거나, 늙어 보이는 정도가 아니라 정말 노인이 될 것이다. 나이 때문에 실제로 제구실을 못하게 될 것이다. 무슨 이유에선지 읽거나, 말하거나, 제대로 듣지 못하게 될 것이다. 먹고 싶은 것을 제대로 먹지 못하고, 동네를 한 바퀴 걷지도 못할 것이다. 여전히 내가 농담거리로 삼고 있는 나의 기억력도 돌이킬 수 없이 희미해져서, 이젠 무슨 일이 일어나는지 그저 아는 척해야 할지도 모른다.

내 앞에 좋은 시절이 단 몇 년밖에 남지 않았다는 깨달음은 어떤 강력한 힘을 불러일으켰다. 나는 많은 생각을 하게 됐다. 어떤 심오한 힘에 기대고도 싶었지만, 그러진 않았다. 내가 매일매일 정말 하고 싶은 게 무엇인지 알아내려고 애썼다. 오늘이 내 인생의 마지막 날이라면 나는 진짜 하고 싶은 일을 하고 있는 것일까 하고 자문해보았다. 나는 목표를 낮췄다. 셰이크 섀크에서 나온 얼린 커스터드와 공원 산책이면 나의 완벽한 오후로 충분하다. (소화제를 지참해야겠지만.) 좋은 연극 한 편과 오르소 레스토랑에서의 식사면 완벽한 저녁으로 충분하다. (마늘은 빼달라. 안 그러면 잠을 못 잔다.) 일전에는 어린 시절에 내가 제일 좋아했던 케이크 가게를 발견했다. 내 기억의 전부를 차지하고 있던 그 케이크. 이 발견이 즐거운 한 주를 완성했다. 또 일전에는 차를 몰고 FDR 드라이브 코스를 달려 올라갔다. 맨해튼은 너무나도 근사하고 신비하고 반짝거리는 곳이었다. 그 순간 나의 성인 시절을 뉴욕에서 보낼 수 있었다는 게 얼마나 행운인가 하고 생각했다.

우리 가족은 매해 여름마다 롱아일랜드에 있는 별장으로 가곤 했다. 방학을 맞은 아이들을 차에 태워 별장으로 가서 9월 첫째 주 노동절까지 머물렀다. 별장

내게는 수많은 실패작들이 있다

에서 6월의 마지막 날을 맞았다. 밤 9시 반까지도 해가 지지 않으며, 삶이 영원히 계속될 것 같은 느낌을 안겨주는, 1년 중 내가 가장 좋아하는 시기다. 7월 4일이면 해변에는 불꽃놀이가 벌어진다. 우리는 소풍 가방을 꾸려서 모래에 구멍을 파고 캠프파이어 준비를 마친 다음 노래를 부른다. 간단히 말해, 전통적인 미국 가족 같은 느낌의 하룻밤을 경험하는 것이다. (각자 이혼 전력이 있고, 재혼으로 합쳐졌으며, 정신분석 상담을 받고 있는 이 제대로 현대적인 가족 대신 말이다.)

7월 중순이면 거위들이 모습을 드러낸다. 저 높은 곳에서 대형을 이루며 날아온다. 거위의 날개는 공기를 세차게 가르면서 심장이 멎을 듯한 획획 소리를 낸다. 나는 그 소리에 고양된다. 거위는 그때까진 아직 남쪽으로 날아가지 않는다. 연못에서 연못으로 옮겨다닐 뿐이다. 하지만 거위가 머리 위로 날아간다는 것을 알아차리는 순간은 (단지 공기를 가르는 그 날갯짓 소리만으로도) 이 여름에 마법의 분위기를 불어넣는 순간 중 하나다.

당연하게도 시간이 흘러 아이들이 성장했고, 이제 롱아일랜드 별장에 가는 건 우리 부부, 나와 닉뿐이다. 거위가 내는 소리는 이제 다르게 느껴진다. 여름이 영원히 지속되지 않는다는 첫 번째 징조처럼, 그리고 또다른 1년이 곧 끝날 것이라는 예고처럼 들린다. 유감스럽지만 여름이 곧 지나갈 뿐 아니라 세상만사가 스러져가고 있다는 징조처럼 들린다. 결과적으로 나는이제 거위를 좋아하지 않게 됐다. 사실 거위를 싫어한다. 특히 거위가 내는 소리가 싫다. 날갯짓 소리가 아니라(그 소리를 어떻게 감히 싫어할 수 있겠는가.) 꽥꽥거리는불협화음의 울음소리가 싫다.

요즘 우리는 여름에 롱아일랜드에 가지 않고, 나는거위 소리를 듣지 않는다. 그 대신 가끔 로스앤젤레스를 방문한다. 거기에는 벌새들이 있다. 벌새들이 삶에서 최대치를 끌어내기 위해 바쁘게 움직이는 모습을지켜보는 것이 무척 좋다.

내게는 수많은 실패작들이 있다

그립지 않을 목록

건성 피부

어젯밤에 먹었던 것과 같은 형편없는 저녁 식사

이메일

첨단 기술 일반

내 옷장

머리 감기

브래지어

장례식

만연한 질병

미국인 중 32퍼센트가 창조설을 믿는다는 통계 자료

통계 자료 그 자체

폭스 채널

달러화의 몰락

정치인 조 리버먼

미 연방 대법관 클래런스 토머스

바르 미츠바(Bar mitzvahs, 유대교의 성인식―옮긴이)

유방암 검진용 X선 촬영

시든 꽃

진공청소기 소음

청구서

이메일. 이미 앞에서 썼지만, 한 번 더 강조하고 싶다.

작은 활자들

여성 영화제 심사위원

매일 밤 화장 지우기

그리워할 목록

우리 아이들

닉

봄

가을

와플

와플 생각

베이컨

공원 산책

공원 산책 생각

공원

공원에서 펼쳐지는 셰익스피어 연극 공연

침대

침대에서 독서하기

불꽃놀이

웃음소리

창밖의 풍경

반짝거리는 불빛

버터

우리 둘만 집에서 먹는 저녁 식사

친구들과 먹는 저녁 식사

한 번도 가본 적 없는 도시에서 친구들과 먹는 저녁 식사

파리

이스탄불에서 보낼 내년 휴가

『오만과 편견』

크리스마스트리

추수감사절 저녁 식사

테이블을 장식하는 것

말채나무

목욕

맨해튼으로 향하는 다리 건너기

파이

내게는 수많은 실패작들이 있다

감사의 글

언제나처럼 델리아 에프런, 밥 고틀립, 어맨다 어번,
닉 필레기에게 감사드린다.

또 아리아나 허핑턴, 데이비드 시플리, 셸리 와그너,
데이비드 렘닉, 폴 보가즈와 마리아 베럴에게도
감사드린다.

J. J. 사차에게 역시.

물론 나의 주치의들에게도.

여성들의 삶을
예리하게 간파하는
에세이스트

이 책의 저자인 에프런은 1941년에 뉴욕에서 태어났다. 그녀의 아버지 헨리 에프런과 어머니 피비 에프런은 존 포드의 「왓 프라이스 글로리」, 월터 랭의 「쇼처럼 즐거운 인생은 없다」 등을 공동 집필한, 유명한 시나리오 작가이자 희곡 작가이다. (부모님과 관련된 일화들은 이 책의 「전설」에서 흥미롭게, 다정하게, 그리고 쓰디쓰게 벌거벗겨진다.) 작가 부부의 맏이로 태어난 노라 에프런은 영화 관련 일을 하는 부모님을 따라 어린 시절에 할리우드로 건너가 비벌리힐스에서 성장했다. 고등학교를 졸업한 뒤에는 웰즐리 대학에서 저널리즘을 공부했고, 1962년 대학 졸업 직전 백악관에서 인턴으로 잠깐 일했다. 당시 대통령은 존 F. 케네디였다.

대학을 졸업한 노라 에프런이 뉴욕으로 건너가《뉴스위크》,《뉴욕 포스트》를 거치며 우편 담당 아가씨, 자료 담당 아가씨에서 기자이자 필자로 성장하는 이야기가 바로 이 책에서 가장 눈에 띄는 에세이 중 하나인 「저널리즘에 대한 러브 스토리」에 담겨 있다. 이 이야기가 특별한 건, 당시가 언론계에 지각변동이 일어나던 1960년대로, '뉴 저널리즘'이라 불리는 방식이 만개하던 시기이기 때문이다. (뉴 저널리즘은 기사 작성 시 소설을 쓸 때와 같은 테크닉을 도입한 혁명적인 방식을 일컫는다.《뉴요커》,《에스콰이어》,《뉴욕》,《롤링 스톤》 같은 뛰어난 잡지들의 명성이 바로 이 시절부터 확고해졌다. 『허영의 불꽃』의 톰 울프, 『인콜드 블러드』의 트루먼 카포티, 기자의 주관을 적극 개입시키는 공격적인 취재 방식인 '곤조 저널리즘'의 창시자 헌터 S. 톰슨 등이 뉴 저널리즘의 두드러진 아이콘이다.) 이 시기는 신문과 잡지가 특별한 목소리로 기능할 수 있었던 시기, 글을 쓴다는 것이 상당한 재능이자 놀라운 축복과도 같았던 시기, 흥미진진한 기삿거리라면 무엇이든 달려들어 취재할 수 있었던 시기였다. '뭘 좀 아는 남자/여자' 취급을 받기 위해서는 유행의 첨병이었던《뉴요커》,《에스콰이어》 같은 잡지를 필수품으로 챙겨야 했다. 그러니까

내게는 수많은 실패작들이 있다

현재 우리가 읽는 종류의 잡지들은 노라 에프런이 기자로 활약하던 1960년대의 뉴 저널리즘에서부터 비로소 시작된 것이며, 우리는 에프런이 요약적으로 서술한 「저널리즘에 대한 러브 스토리」를 통해 그 시절의 생기를 뒤늦게나마 경험할 수 있다.

한편 1960년대는 여성이 '기자' 혹은 '필자'가 되는 게 불가능할 것만 같던 시기이기도 했다. 하지만 노라 에프런은 여성주의 운동이 목소리를 높이기 시작하던 물결의 한복판에 있었다. 그러나 노라 에프런이 기자로 성공한 것이 단지 운 좋게 시대를 잘 만난 덕분이라고만은 할 수 없을 것 같다. 대중문화에 대한 날카로운 감식안과 특유의 유머러스한 글쓰기 스타일로 독자성을 드러내지 않았더라면, 노라 에프런은 기자로 그토록 대성하지 못했을 것이다. 아마도 이 시기의 노라 에프런은 「해리가 샐리를 만났을 때」의 주인공 샐리처럼 사랑스럽고 똑똑하며 매력적인 기자였을 것이다. 혹은 「유브 갓 메일」의 주인공 캐슬린이 가장 좋아하던 소설, 『오만과 편견』의 엘리자베스처럼 명민한 눈을 반짝거리며 더 넓은 세상에 대해 뭐든지 다 알고 싶어하는 자신감 넘치는 여성이었을 것이다.

노라 에프런은 결혼을 세 번 했다. 첫 번째 남편은

저널리스트이자 작가로 피비 케이츠 주연의 1983년작 「프라이빗 스쿨」의 시나리오를 쓴 댄 그린버그다. 두 번째 남편은 동료 밥 우드워드와 함께 워터게이트 스캔들을 파헤친 유명 저널리스트 칼 번스타인이다. (그래서 노라 에프런은 워터게이트의 내부 고발자 '딥 스로트'가 누군지 진작부터 알고 있었다고 한다. 하지만 아무도 그녀의 말을 진지하게 귀 기울여 듣지 않았다고 한다.) 세 번째 남편은 프로듀서 겸 시나리오 작가로, 마틴 스코세이지와 함께 「좋은 친구들」, 「카지노」 등의 시나리오 작업을 한 니컬러스 필레기이다. 오랜 세월을 함께한 이 세 남자에 대한 애증의 감정은 이 책의 「이혼」에 잘 드러나 있다. (무엇보다 국내에 오래전 DVD로 출시된 「제2의 연인」에는 칼 번스타인과의 결혼과 이혼 과정이 대단히 적나라하게 표현되어 있다.)

—

기자에서 소설가로, 다시 영화감독으로

잡지 기자가 영화감독이 된다? 한국에서뿐만 아니라 미국에서도 쉽지 않은 일인데 노라 에프런은 그것을 해냈다. 하지만 그녀는 스스로 "영화감독이 되고야 말겠어."라고 결심했던 타입이 아니라고 고백한 바 있다. 그녀는 기본적으로 글을 쓰는 사람이었다. 그중에서도 특히 자주 (남성들의) 오해와 편견을 불러일으키는 감정적인 (사소한) 문제의 전문가였다. 그녀는 감정의 미묘한 흐름을 글자로 솜씨 좋게 붙잡아 매어 독자들의 공감을 불러일으킬 줄 아는 능력을 지녔다. 그런 능력을 바탕으로 기자로서 멋진 커리어를 쌓았고, 실패한 결혼 생활조차 유머러스하면서도 신랄하게 돌아본 소설 『제2의 연인』으로 작가로서도 큰 인기를 모았다. (『제2의 연인』은 후에 영화화됐다. 노라 에프런이 직접 쓴 각본에, 메릴 스트립과 잭 니컬슨이라는 호화로운 캐스팅으로 많은 기대를 모았지만, 아쉽게도 흥행과 비평 양쪽에서 모두 과소평가받았다.) 그리고 서른을 넘기면서 아이들과 함께 보낼 시간을 늘리기 위해 재택근무가 가능한 시나리오 작업에 뛰어들었다. 아이러니하게도 노라 에프런이 시나리오 작업에 뛰어들 수 있었던 건, 그녀에게 크나큰 상처를 남겼던 두 번째 남편 칼 번스타인 덕분이기도 하다. 칼 번스타인과 밥 우드워드의 '워터게이트' 특종을 영화화한 앨런 파쿨라 감독의 「모두가 대통령의 사람들」의 시나리오가 계기로 작용한 것이다. 처음 나온 시나리오가 마음에 들지 않았던 칼 번스타인이 소매를 걷어붙이고 리라이팅에 들어갔는데, 이때 부인이었던 노라 에프런도 함께 작업하게 된 것이다. 두 사람이 고친 버전의 시나리오가 채택되진 않았지만, 이 작업은 영화 관계자들이 노라 에프런을 눈여겨본 결정적인 계기가 되었다.

그녀의 시나리오가 영화화된 첫 번째 작품은 마이크 니컬스 감독의 「실크우드」다. 메릴 스트립이 주연을 맡은 이 영화는 핵연료 생산 공장의 방사능 오염 문제를 제기하다가 의문의 죽음을 맞이한 노동자 캐런 실크우드의 실화를 다루고 있다. 아이들과 떨어져 사는 싱글맘이자 가난하기 짝이 없는 노동자로서 하루하루 먹고사는 문제에 전전긍긍하던 여성이 조직의 거대한 기만에 눈뜬 뒤, 공적인 존재로서 거듭나는 이야기다. 여성의 사적인 삶과 공적인 삶이 어떤 식으로 교차되는가를 잘 보여준 이 작품은 사회파 멜로드라마이자 노동자 영화인 동시에 여성의 자각에 관한 성장 영화이기도 하다. 이 작품으로 노라 에프런은 아카데미 영화제에서 각본상에 지명되었고, 남자들이 지배하고 있던 1980년대 초의 할리우드 영화계에 자신의 자리를 탄탄하게 마련했다. (아카데미 영화제의 권위는 예나 지금이나 절대적이다.)

할리우드에서의 승리를 굳건하게 해준 것은 노라

에프런의 세 번째 시나리오이자 로맨틱 코미디의 걸작 「해리가 샐리를 만났을 때」이다. 남녀 사이에 섹스를 배제한 우정이 가능할까라는 질문을 전제로, 이어졌다 끊어졌다 하는 두 남녀의 10년에 걸친 만남을 재치 있게 그려낸 이 영화는 우디 앨런과 에른스트 루비치와 제인 오스틴을 3분의 1씩 뒤섞어놓은 것처럼 간질간질한 유머와 로맨틱한 긴장으로 가득하다. 고만고만한 로맨틱 코미디 작품들에 식상함을 느끼며 '내가 써도 저것보단 잘 쓰겠다.'라는 말을 습관처럼 내뱉는 독자라면 「해리가 샐리를 만났을 때」를 다시 보시길 권한다. 우정과 섹스와 나이 듦과 판타지의 상실에 대해 이만큼 감각적으로 그려낸 영화는 거의 존재하지 않았다. 우디 앨런이 철저하게 남자의 입장에서 그것을 성취했다면, 노라 에프런은 여성의 입장에서 처음으로, 그것도 할리우드라는 메인스트림의 화면에서 그것을 구현해냈다. 1989년에 만들어진 이 영화에 대해 굳이 첨언하자면, 미국 드라마 「프렌즈」와 「섹스 앤드 더 시티」가 당시 한국 청춘들에게 미친 어마어마한 영향력을 1990년대의 젊은이들에게 발휘했다고 보면 된다. 영화 전체를 압축하는, 마지막 장면의 대사를 소개한다.

해리 우리가 처음 만났을 땐 서로를 싫어했어요.

샐리 아냐, 당신은 날 안 싫어했고 내가 당신을 싫어했지. 우리가 두 번째로 마주쳤을 때 당신은 심지어 날 기억조차 못했어.

해리 기억했어, 기억했다고. 세 번째 마주쳤을 때에야 우린 친구가 됐어요.

샐리 우린 아주 오랫동안 친구 사이였죠.

해리 그리고 그럴 수 없게 됐어요.

샐리 우린 사랑에 빠졌죠. 3개월 후 우린 결혼했어요.

해리 맞아요, 3개월 만에 바로.

샐리 12년하고도 3개월이 걸렸죠.

해리 결혼식은 정말이지 아주 근사했어요.

샐리 맞아요. 진짜 아름다웠어요.

해리 굉장했죠. 엄청나게 큰 코코넛 케이크도 있었어요.

샐리 거대한 코코넛 층층이 케이크에다가 아주 진한 초콜릿 소스를 옆에 곁들였죠.

해리 케이크 위에 소스를 뿌려놓는 걸 안 좋아하는 사람이 있어서죠. 그럼 케이크가 너무 축축해지니까요.

샐리 특히나 코코넛 케이크는 축축한 기운을 너무

많이 빨아들이니까요. 소스를 옆에 따로
준비하는 건 정말 중요해요.

해리 맞아요.

—

외롭지만 착한 이들의 어여쁜 로맨스

이후 노라 에프런의 시나리오 및 연출 작품들은 절
반의 태작(「마이클」, 「럭키 넘버」, 「그녀는 요술쟁이」, 「지금은 통
화 중」)과 절반의, 별처럼 반짝거리는 보석 같은 영화들
로 구분할 수 있다. 그리고 후자의 경우, 로맨틱한 감
정이 절대적으로 주를 이루는, 작고 섬세한 제인 오스
틴적 세계에 가깝다. 「시애틀의 잠 못 이루는 밤」, 「유
브 갓 메일」, 「줄리 & 줄리아」를 보라.

이 영화들에서 가장 흥미로운 지점은 서로를 알지
못한 채로 어떤 감정을 키워나갈 수 있다는, 판타지에
기반한 애정이다. (하지만 판타지 없이 가능한 사랑이 있던가?)
「시애틀의 잠 못 이루는 밤」에서는 라디오가, 「유브 갓
메일」에서는 이메일이, 「줄리 & 줄리아」에서는 블로
그가 그런 판타지를 가능케 한다. 「시애틀의 잠 못 이
루는 밤」에서 볼티모어에 사는 애니(멕 라이언)는 라디

오에서 죽은 아내를 그리워하는 시애틀의 샘(톰 행크스)의 사연을 듣고 '혹시 나의 진짜 운명의 상대는 샘이 아닐까?' 하는 상상에 빠진다. 「유브 갓 메일」의 캐슬린(멕 라이언)은 이메일을 주고받는 상대가 라이벌 조(톰 행크스)라는 걸 모른 채로 내밀한 교감을 나눈다. 「줄리 & 줄리아」에서 뉴욕의 평범한 공무원 줄리(에이미 애덤스)는 블로그라는 공간을 통해 전설적인 요리사 줄리아(메릴 스트립)의 궤적을 그대로 밟으며 그녀를 이해해 가고 또 얼굴도, 이름도 모르는 수많은 블로그 독자들을 친구로 받아들일 수 있게 된다. 이 책의 「이메일의 여섯 단계」에서 시니컬하게 표현했다시피, 노라 에프런은 테크놀로지의 발전을 더 많은 이들과 친밀한 교감을 나누는 수단으로 받아들였다. 사실 누구나 그렇지 않은가? PC통신에서 블로그로, 다시 트위터와 페이스북으로 넘어오는 그 모든 단계를 거치면서 우리 모두 이 공간에서 애인이나 친구를 찾게 되길 간절히 원하지 않았던가? 「유브 갓 메일」의 캐슬린처럼 울다 웃으며 "당신이길 바랐어요, 간절히."라고 말할 수 있는 그런 순간을 희망하지 않았던가?

저 멀리 어딘가에 반드시 존재하고 있을, 혈육이나 친구보다도 더 나를 잘 이해해줄 운명적인 누군가를 기다리는 낭만적인 심리를 노라 에프런은 기막히게 포착한다. 그리고 그 외롭고 착한 이들의 로맨스를 더없이 어여쁘게 그려낸다. 노라 에프런의 따뜻한 시선이 가장 잘 드러나는 건 아무래도 마지막 연출작이 된 「줄리 & 줄리아」다. 줄리는 대학 시절 꿈꾸었던 화려한 미래는 간데없이, 작가로서의 꿈도 이루지 못한 채 평범한 공무원으로서 하루 종일 낯모르는 이로부터 걸려오는 전화를 붙든 채 감정 노동을 해야 한다. 그러던 중 남편의 제안에 따라 유명한 요리사 줄리아 차일드의 프랑스 요리 레시피를 1년 동안 마스터한다는 계획을 세우고 블로그를 시작한다. 블로깅 초반에 줄리는 "거기 누구 듣고 있나요?"라고 슬프게 덧붙일 만큼, 별 볼일 없는 자신에게 대체 누가 관심을 가질까 하며 자신 없어한다. 그러나 시간이 흐를수록 줄리아 차일드를 마치 '상상의 친구'처럼 여기게 된 줄리는 줄리아의 삶과 자신의 삶에 접점을 찾았다고 느끼게 된다. 그러면서 "아무도 나를 몰라."라고 슬퍼하던 줄리는 마침내 "모든 사람들이 어떤 면에서든 나랑 연결된 것 같아."라고 자신 있게 말할 수 있게 된다.

–
이렇게 나이 들 수 있다면

서른이 넘은 여성 독자라면 이 책에 등장하는 노라 에프런의 에세이들 중 어떤 성향으로든 자신과 일치하는 구석을 발견하게 될 것이다. 그건 서른 넘은 여성의 삶과 기쁨과 고민거리가 대부분 비슷해지기 시작한다는 뜻일 수도 있고, 노라 에프런이 여성들이 차마 입 밖으로 꺼내진 못한 채 끙끙 앓기만 하는 고민거리들을 예리하게 간파하는 에세이스트라는 뜻도 될 것이다. 영화 「줄리 & 줄리아」에서처럼, "완벽하지 않아도 변명하지 말아요."라고 다정하게 말할 수 있는 사람이 노라 에프런이다.

개인적으로 가장 흥미롭게 읽었던 에세이는 「저널리즘에 대한 러브 스토리」와 「펜티멘토」였다. 「저널리즘에 대한 러브 스토리」는 부러움과 질투와 동경이 뒤엉킨 마음으로 읽었다. 한국에서 대중문화 잡지 시장이 폭발했던 1990년대 중반부터 2000년대 초반에 이르기까지, 잡지라는 매체에 대해 품었던 개인적인 열정이 겹쳐지면서 1960~70년대 뉴욕은 얼마나 재미있는 공간이었을까 하며 부러운 마음이 들었다. 그러다가 이내 2000년대 이후 인터넷에 주도권을 빼앗긴 매체의 실상은 이곳이나 그곳이나 마찬가지겠지라는, '저 포도는 분명히 시고 맛없을 거야.' 하고 지레짐작하는 '신 포도의 법칙'으로 쓰라린 속을 달랬다. 「펜티멘토」의 경우 우선 개인적으로 무척 좋아하는 작가인 대실 해밋의 일면을 엿볼 수 있어서 즐거웠다. 물론 「펜티멘토」 자체는 해밋이 아니라, 해밋의 연인으로만 접했던 (그 외에는 한국에 거의 알려진 게 없는) 작가 릴리언 헬먼에 관한 글이지만. 우리 모두에게 조금씩은 스며들어 있는 허언증에 대한 쓰라린 통찰이 글에 잘 드러나 있다. 나이가 들면서 자조와 자기비하와 자기혐오가 심해질수록 그에 대한 반대급부로 스스로에 대한 판타지를 꾸며내고 싶은 욕망도 강해지는 현상에 대해 노라 에프런은 덤덤하게 써내려간다. 릴리언 헬먼이라는 특별한 여성에 대한 글이지만, 동시에 우리 모두의 애처로운 초상화이기도 한, 비탄과 공감을 동시에 느낄 수 있는 글이다.

나이 든 여성의 가장 큰 고민거리를 지적하는 「아무것도 기억나지 않아」와 「나이 든다는 것」 역시 빼놓을 수 없다. 영화 「해리가 샐리를 만났을 때」라든가 「줄리 & 줄리아」에서 서른을 코앞에 두었거나 조금

넘긴 주인공들이 서른이 넘어가면 세상이 바뀔 것처럼 울고불고할 때 감정이입하지 않을 수 있는 여성은 없(을 것이)다. 하지만 보톡스를 비롯한 온갖 미용술의 힘을 빌리지 않더라도, 자신이 늙어가고 있으며 그 필연적인 과정에 가속도까지 붙고 있다는 사실을 기어이 인지하고야 말았을 때라면 어떨까? 그때도 그런 사실에 대해 예의 유머감각을 유지한 채 스스로를 객관화하여 바라볼 수 있을까? 그런 능력이 있다면, 노라 에프런처럼 자존감을 잃지 않을 수 있다. 그러니 이 책을 읽었다면, 에세이스트 노라 에프런을 알게 되었다면 적어도 '이렇게 나이 들 수 있으면 좋겠다.'라는 롤모델이 한 명 생긴 셈이다.

—

나는 천재가 아닙니다

한편 「L-U-V에 중독되다」에 개인적으로 끌렸던 것은 나 자신도 '그렇기' 때문이다. 개인적인 고백을 하자면, 최근 체스에 정신이 팔려 있다. 사실 이 책을 번역하던 중에도, 몇 문장 번역하고 나면 컴퓨터 체스를 한판 두고, 또 몇 문장을 더 번역하고는 다시 체스를

내게는 수많은 실패작들이 있다

두는 과정을 되풀이했기 때문에 진심으로 남 일 같지 않았다.

「실패작」은 과연 한국의 영화감독들도 이런 글을 쓸 수 있을까 하는 의문을 곱씹으며 번역했다. 무언가를 창조하는 고된 직업을 가진 이가 "나는 천재가 아닙니다."라고 고백하는 드문 글이기 때문이다. 또 「크리스마스 만찬」과 「나는 상속녀였다」는 영화 「해리가 샐리를 만났을 때」와 「지금은 통화 중」에서 신랄하게 묘사되었던 우정과 우애가 어디서 비롯되었는지를 깨닫는 즐거운 순간이었다. 사실 창작자를 개인적으로 너무 잘 알게 되면, 그가 만들어내는 작품들에 대한 환상이 깨지지 않을까 하는 근심이 없는 건 아니다. 그럼에도 불구하고, 타인의 내밀한 일기장을 훔쳐보는 기쁨만큼 짜릿한 게 또 있을까.

무엇보다 요리! 사전 정보 없이 「줄리 & 줄리아」를 접했을 때에는 그저 요리가 소재로 이용됐다고만 생각했다. 하지만 이 책을 읽고 나서야, 왜 노라 에프런이 「줄리 & 줄리아」를 각본, 연출, 프로듀싱까지 담당하며 만들어야 했는지를 알 수 있었다. 또 「해리가 샐리를 만났을 때」에서 음식을 주문하는 데 족히 10분은 걸리는 샐리의 까다로운 취향이 어디서 온 건지도 이해할 수 있었다. 에프런의 영화에서 왜 사람들이 뭔가 중요한 대화를 나누거나 우정을 확인할 때 반드시 맛있는 디저트와 커피를 테이블 위에 올려놓는지도 비로소 깨달을 수 있었다. 노라 에프런은 한 인터뷰에서 "난 종교를 갖고 있지 않다. 그 대신 버터는 아무리 많이 먹어도 괜찮다. 그게 내 믿음의 본질이다."라고까지 말한 적 있다. 만들 줄 아는 요리라고는 열 손가락 안에 꼽힐 정도이고, 그 음식들을 일주일 동안 돌아가면서 차례대로 만들고, 다음 주에는 순서만 바꿔서 되풀이하는 나에게까지 노라 에프런의 열정이 감염될 정도였다. (브레드 앤드 버터 푸딩을 만들자니 오븐이 없다. 하지만 노라 에프런이 선심 쓰듯 레시피를 공개한 달걀 샐러드와 리코타 치즈 팬케이크 정도는 지금 있는 식재료와 기구만으로도 어떻게 해 볼 수 있을 것 같다.) 주로 사방이 조용해지는 한밤중에 번역을 하다 보니, 노라 에프런이 연인에 대해 말할 때의 정열적인 어조만큼이나 음식에 대한 뜨거운 사랑을 토로하는 문장 때문에 너무 배고파져서 일이고 뭐고 다 놓아버리고 싶어지는 부작용도 있었다.

기자로 10여 년간 일하는 동안 영문을 번역할 기회가 몇 번 있었다. 영문 기사를 초벌 번역하는 일은 드물지 않게 했고, 잡지에 게재된 코넬 울리치의 단편 「이창」과 「세 시 정각」을 옮긴 적도 있다. 하지만 단행

본 번역은 이번이 처음이었다. '기자'와 '영화'라는 공통분모가 있으니 잘 맞을 것이라 격려하며, 경험이 부족한 내게 이 책의 번역을 제안한 반비 출판사의 김희진 편집장과, 한 달 내내 메일을 주고받으며 꼼꼼하게 의문 사항들을 짚어준 김선아 편집자에게 감사드릴 따름이다. 격려와 위로를 아끼지 않은 나의 친구 N과 가족들에게도 뒤늦은 고마움을 전한다. 무엇보다 혼자 킬킬거리며 번역하는 내내, 영화를 볼 때보다 훨씬 가깝게 느껴졌던 저자 노라 에프런에게도 감사드리고 싶다. (「줄리 & 줄리아」의 빙의 현상이 나한테도 되풀이된 셈이다.) 노라 에프런 같은 기자가 나의 직장 선배였더라면 어땠을까 상상해본다.

2012년 5월
김용언

노라 에프런의 작품들

소설

『제2의 연인(*Heartburn*)』(1983)

에세이

『노라 에프런의 거의 모든 것(*The Most of Nora Ephron*)』(2013)

『내게는 수많은 실패작들이 있다(*I Remember Nothing*)』(2010)

『내 인생은 로맨틱 코미디(*I Feel Bad About My Neck*)』(2006)

『노라 에프런 모음집(*Nora Ephron Collected*)』(1991)

『스크리블 스크리블(*Scribble Scribble*)』(1978)

『크레이지 샐러드(*Crazy Salad*)』(1975)

『파티에서 파트너 없는 사람(*Wallflower at the Orgy*)』(1970)

연극

「럭키 가이(Lucky Guy)」(2013)

「사랑, 상실, 그리고 내가 입은 옷들(Love, Loss, and What I Wore)」(2008)

「상상의 친구들(Imaginary Friends)」(2002)

영화

「줄리 & 줄리아(Julie & Julia)」(각본·연출·제작, 2009)

「그녀는 요술쟁이(Bewitched)」(각본·연출·제작, 2005)

「지금은 통화 중(Hanging Up)」(각본·제작, 2000)

「럭키 넘버(Lucky Numbers)」(연출·제작, 2000)

「유브 갓 메일(You've Got Mail)」(각본·연출·제작, 1998)

「마이클(Michael)」(각본·연출·제작, 1996)

「라이프 세이버(Mixed Nuts)」(각본·연출, 1994)

「시애틀의 잠 못 이루는 밤(Sleepless in Seattle)」(각본·연출, 1993)

「행복 찾기(This Is My Life)」(각본·연출, 1992)

「나의 푸른 하늘(My Blue Heaven)」(각본·제작, 1990)

「해리가 샐리를 만났을 때(When Harry Met Sally)」(각본·제작, 1989)

「피터 포크의 마피아(Cookie)」(각본, 1989)

「제2의 연인(Heartburn)」(원작·각본, 1986)

「실크우드(Silkwood)」(각본, 1983)

내게는 수많은
실패작들이 있다

우아하고 유쾌하게 나이 든다는 것

1판 1쇄 펴냄 2021년 11월 12일
1판 4쇄 펴냄 2022년 7월 5일

지은이 노라 에프런
옮긴이 김용언

편집 최예원 조은 조준태
미술 김낙훈 한나은 이민지
전자책 이미화
마케팅 정대용 허진호 김채훈 홍수현 이지원 이지혜 이호정
홍보 이시윤 박그림
저작권 남유선 김다정 송지영
제작 임지헌 김한수 임수아 권혁진
관리 박경희 김도희 김지현
펴낸이 박상준
펴낸곳 반비

출판등록 1997. 3. 24.(제16-1444호)
(06027) 서울시 강남구 도산대로1길 62 강남출판문화센터
대표전화 515-2000, 팩시밀리 515-2007
편집부 517-4263, 팩시밀리 514-2329

ISBN 979-11-91187-94-6 (03840)

반비는 민음사출판그룹의 인문 · 교양 브랜드입니다.